李白诗20讲

黄玉峰　王召强◎主编
吴春玉◎编

上海科学技术文献出版社
Shanghai Scientific and Technological Literature Press

图书在版编目（CIP）数据

李白诗二十讲 / 吴春玉编. —上海: 上海科学技术文献出版社, 2021
（中学生整本读经典丛书）
ISBN 978-7-5439-8247-5

Ⅰ. ①李… Ⅱ. ①吴… Ⅲ. ①唐诗—诗集 Ⅳ. ① I222.742

中国版本图书馆 CIP 数据核字（2020）第 260762 号

策划编辑：张　树
责任编辑：苏密娅
封面设计：留白文化

李白诗二十讲
LIBAI SHI ERSHI JIANG
黄玉峰　王召强　主编　吴春玉　编
出版发行：上海科学技术文献出版社
地　　址：上海市长乐路 746 号
邮政编码：200040
经　　销：全国新华书店
印　　刷：常熟市人民印刷有限公司
开　　本：720mm×1000mm　1/16
印　　张：10
字　　数：157 000
版　　次：2021 年 1 月第 1 版　2021 年 1 月第 1 次印刷
书　　号：ISBN 978-7-5439-8247-5
定　　价：35.00 元
http://www.sstlp.com

目录

第一讲　青年山隐

访戴天山道士不遇

犬吠水声中，桃花带露浓。
树深时见鹿，溪午不闻钟。
野竹分青霭，飞泉挂碧峰。
无人知所去，愁倚两三松。

注释

戴天山：在今四川省江油县。青年时期的李白曾经在此山中的大明寺读书。

吠：狗叫。

带露浓：挂满了露珠。

青霭：青色的云气。

诵读点拨

《访戴天山道士不遇》是李白20岁以前的作品。李白在十八九岁时，曾隐居在大匡山大明寺中读书，这首诗就是当时所作。

戴天山，又名大康山或大匡山，在今四川省江油县。《名胜志》记载，这座山"高耸亭亭，形如匡字"，难怪取名为"大匡山"。而此山山势险峻，林壑深邃，风景秀丽，的确是读书的好地方。

有一天，李白要去拜访一个道士。虽然他没有遇到这位道士，但是他看到了山中幽静的景色，李白将这次没有结果的拜访写在了诗中。让我们跟随李白的脚步，去看看戴天山中那些让李白印象深刻的风景。

"犬吠水声中，桃花带露浓。"首联两句非常简单，也很有趣。一句写耳闻，一句写眼见。初入山时，李白听见了"犬吠"，听见了"水声"。此时"有声"恰恰说明山之幽静，"水声"又与下文"飞泉"相呼应。"桃花带露浓"让人联想到道士所居，超尘脱俗。可能有人有疑问了，为什么这里的桃花和道士有关系呢？能不能换成别的什么花呢？这就要说说桃与道教的关系了。大家都知道，中国古代两个著名打鬼神仙——门神的居所最初传说是在一片桃花林中(《山海经》:“东海度朔山有大桃树,蟠屈三千里,其卑枝东北曰鬼门,万鬼出入也。有二神,一曰神荼,一曰郁垒,主阅领众鬼之害人者”),所以鬼一看见桃花就害怕,道士打鬼用桃木剑。还有,中国古代对联的最初雏形就是画着那两个打鬼神仙的桃木板——桃符。桃花在中国传统文化里是仙花,而梅花、兰花、牡丹花、菊花虽然也被赋予各自的文化意义,但都是凡花。就连桃子也被称作仙桃,是传说中仙界的水果。另外,晋代陶渊明所写的《桃花源记》中虚构的桃花源,也是令人神往的世外仙境。李白要拜访的是一位道士,这里自然用“桃花”比较恰当。“带露浓”三字,除了为桃花增色外,还点出了此时的时间是在早晨,与下一联中的“溪午”相映照。

再看颔联“树深时见鹿,溪午不闻钟”。又是一句写视觉,一句写听觉,特别的是视觉有所见,听觉有所不闻。“树深”言树之茂密;鹿性喜静,常在林木深处活动。李白“时见鹿”从正面写出山很幽静。李白可能也会看到别的动物,为什么只写鹿呢?其实,这也和他要拜访的是一位道士有关,道教有两个仙物:鹤与鹿,它们都是神仙坐骑。鹤者,仙也,寓意着世外、清高,寓意着从宏观的角度看待这个世界;鹿者,禄也,寓意着红尘、凡俗,寓意着以积极的态度来面对这个世界。李白在山中,所以以“鹿”入诗。他从早晨走到了中午,“溪午不闻钟”,正午时分,没有听到钟声,只听到溪水之声,这就更显出周围的宁静。这一联承接首联所写的桃源景象,又写出了李白的行踪。更为有趣的是,李白以“时见鹿”反衬不见人,以“不闻钟”暗示道院无人。“不闻钟”与题中“不遇”遥相呼应。

颈联“野竹分青霭,飞泉挂碧峰”,全是视觉所见,却十分生动。这一联写来到道院前所见的情景——道士不在,唯见融入青苍山色的绿竹与碧峰下的飞瀑而已。李白用笔巧妙而又细腻:“野竹”句用一个“分”字,描画野竹、青霭两种近似的色调汇成一片绿色;“飞泉”句用一个“挂”字,显示白色飞泉与青碧山峰相映成趣。可以看出道院这一片净土的淡泊与高洁,又可以体味到诗人造访不遇若有所失的心情。

尾联“无人知所去,愁倚两三松”,点明了“不遇”,不仅“不遇”,连道士的去向也不知道。李白的内心到了最低谷，他明确地说“愁倚”在松树边。诗中说“愁倚两三松”而不是“愁倚一棵松”，说明李白不是停留了一时半刻，也不是倚在一处，看得出他徘徊之久，惆怅之久，就像伊豫松山、近藤元粹《李太白诗醇》中所说的“见倚不一处，不一时”了。

从登山拜访到拜访不遇，李白的内心经历了由期待到失落的过程。贺贻孙《诗筏》中说此诗“无一字说道士，无一字说不遇，却句句是不遇，句句是访道士不遇”。你知道为什么这么说吗？

趣读李白诗

1. 汉字密码

你来猜一猜，这是《访戴天山道士不遇》中的哪个字？

这是诗中的“霭”字。这个篆文的上边是雨旁，表示云雾。很多与云雾等不晴的天气有关的字都是雨字头，比如“雾”“雪”“霜”“露”等。

2. 词语对碰

“野竹分青霭，飞泉挂碧峰”写的是李白来到道院前所见的融入青苍山色的绿竹与碧峰下的飞瀑，其中，“野竹”对（　　　　　），“分”对（　　　），“碧峰”对（　　　　　）。

3. 我问你答

诗中“树深时见鹿，溪午不闻钟”的“钟”和下面哪一句诗里的“钟”意思一样？（　　）

A. 京口瓜洲一水间，钟山只隔数重山。

B. 姑苏城外寒山寺，夜半钟声到客船。

C. 钟鼓馔玉不足贵，但愿长醉不复醒。

4. 古诗填字

请根据提示，把下面的诗句填写完整。

访戴天山道士不遇

____吠水声中，____花带露浓。

____深时见____，____午不闻____。

野____分青霭，飞____挂碧____。

无____知所去，愁倚两三____。

5. 飞花令

请你以“花”字为令，补全诗句。

① 花____________。

② 桃花带露浓。

③ ______花______。

④ 映日荷花别样红。

⑤ ____________花______。

⑥ 牧童遥指杏花村。

⑦ __________________花。

6. 读诗写文

李白拜访道士，道士不在，请你替李白给这位道士写一封信，告诉他这次拜访时的所见所闻，以及“不遇”的失落之感吧！

山中问答

问余何意栖碧山？
笑而不答心自闲。
桃花流水窅然去，
别有天地非人间。

注释

栖：停留，居住。

碧山：山名，又名白兆山，在湖北省安陆市内，山下桃花洞是李白读书处。一说碧山指山色青翠苍绿。

闲：清闲，空闲。

窅（yǎo）然：指幽深遥远的样子。一作“宛然”。

别有天地：另有一种境界。这里指诗人的隐居生活。

诵读点拨

《山中问答》是李白在安陆（今属湖北）白兆山桃花岩隐居时期的诗作，当时的李白，大概三十岁左右。这首诗采用了问答形式并暗用典故，抒发了李白隐居生活的自在天然的情趣，也体现了他的矛盾心理。

首联“问余何意栖碧山？笑而不答心自闲。”李白很有趣，他在这里卖了一个关子。他说：“问我为什么隐居在碧山之中？”正当人们期待他给出答案的时候，他话锋一转——笑而不答。李白很喜欢隐居生活，他的隐居一方面是创造声誉，期望借此取得有权力的人的推荐，走上仕途的道路；另一方面，他也希望时机到来，做一番“济苍生”“安社稷”的事业，等到功业成就之后，还要飘然隐退，继续隐居。这一点上，李白很想效仿陶朱公范蠡和留侯张良，在李白《代寿山答孟少府移文书》中写道：“奋其智能，愿为辅弼，使寰区大定，海县清一，事君之道成，荣亲之义毕，然后与陶朱、留侯，浮五湖，戏沧洲，不足为难矣。”“陶朱”就是春秋时期的范蠡，他在佐越王勾践灭吴之后，知越王不可共富贵，就乘扁舟泛游于五湖，不知所终。“留侯”就是汉高祖的谋臣张良，汉统一天下后封于留，为万户侯，心愿已足，欲从赤松子学仙。可以看出，李白对自己的才能非常自信，希望干一番惊天动地的大事，然后功成身退，飘然归隐。这时候，隐居既是李白追求的出发点，也是最终归宿。李白的隐居思想复杂而矛盾，他很难和人，尤其是和俗人说明白。所以，他只好“笑而不答”了。“心自闲”三个字，我们能够看到李白此时的心情是很安闲，很悠然自得的，甚至，我们还能感受到他对未来的自信。

“桃花流水窅然去，别有天地非人间。”这是写“碧山”之景，其实也就是“何意栖碧山”的答案。这两句用陶渊明《桃花源记》的典故。“桃花源”是一处男女老少悠然自得的世外桃源，李白的隐居之处便如同桃花源一般，花开花落，溪水细流，一切都那么美好，那么自然，那么让人自得其乐。在李白看来，这就是“天然”，没有人工的雕琢。而这样的环境，这样的心态，恰恰和俗世是不同的。所以，李白说这里“别有天地非人间”，充满着天然、宁静之美的“天地”，不是“人间”所能比的。而“人间”究竟是怎样的呢？李白没有告诉我们，需要我们在读诗中慢慢感受。

徐增《而庵说唐诗》评论此诗说：“白作此诗，如世尊拈花；人读此诗，当如迦叶微笑。不可说，亦不必说。”你知道“不可说，亦不必说”的是什么吗？

趣读李白诗

1. 汉字密码

你来猜一猜，这是《山中问答》中的哪个字？

这是诗中的“笑”字。现在发现的简帛中的“笑”字，从“艹”从“犬”，“艹”表音，“犬”表意。

李白说“笑而不答心自闲”，如此悠闲的心情，他的笑应该是微微一笑才对。你说呢？

2. 词语对碰

读一读，对一对。请你为下面的词语对对子吧！

碧山对（　　　　　）　桃花对（　　　　　）　人间对（　　　　　）

3. 我问你答

李白为什么要隐居呢？请说说你的理解。

____

____

____

4. 古诗填字

请根据提示，把下面的诗句填写完整。

山中问答

问余何意栖____山？

____而不答____自闲。

____花流____窅然去，

别有________非人间。

5. 飞花令

请你以“水”字为令，补全诗句。

① 水 ______________________。

② 碧 水 东 流 至 此 回 。

③ ________ 水 ________________。

④ 桃 花 流 水 窅 然 去 。

⑤ ________________ 水 ________。

⑥ 为 有 源 头 活 水 来 。

⑦ ________________________ 水 。

6. 诗情画意

请你根据“桃花流水窅然去”作一幅画吧。

第二讲　辞亲远游

峨眉山月歌

峨眉山月半轮秋，
影入平羌江水流。
夜发清溪向三峡，
思君不见下渝州。

注释

峨眉山：在今四川省峨眉山市西南，有两山峰相对，望之如蛾眉，故名。

平羌：即青衣江，大渡河的支流，在今四川中部峨眉山东北。源出宝兴县北，东南流经雅安、洪雅、夹江等地，到乐山汇大渡河，入岷江。

清溪：指清溪驿，属四川省犍为县，在峨眉山附近。

三峡：《乐山县志》谓当指四川省乐山县之嘉州小三峡：犁头峡、背峨峡、平羌峡，清溪在犁头峡之上游。一说指长江三峡：瞿塘峡、巫峡、西陵峡。

渝州：唐代州名，属剑南道，治所在巴县，即今重庆市。

诵读点拨

《峨眉山月歌》是李白初离蜀地时的作品，大约作于开元十二年(724)秋天。当时李白“仗剑去国，辞亲远游”，怀着“遍谒诸侯，海县清一”的理想和抱负。然而，他对生活过的蜀地充满留恋，在离开蜀中赴长江中下游的舟行途中，写下此诗。峨眉山是蜀中大山，也是蜀地的代称。李白是蜀人，因此峨眉山月对于李白来说就是故园之月。这首诗写的是秋月，思的则是故乡。

这一夜，李白乘着小船离开清溪，向着三峡顺流而下。峨眉山头的半轮秋月映在平羌江中，随着奔流的江水一路跟着李白前行。当李白的船自清溪入三峡，山势越来越高，江面越来越窄。最后，连半轮的月亮也看不见了。于是，李白就思念起月亮来。这首诗虽然只有四句，却用了五个地名，通过半轮秋月一线贯穿，读的时候，要想象出一幅千里蜀江行旅图。

“峨眉山月半轮秋”，诗的一开始，李白就给了我们一个仰视的视角，他抬头看见峨眉山，也看到了山头的月。这月是半轮月，让人联想到峨眉山吐月的优美意境。把“半轮”和“秋”连在一起，让人感到意境深远，似乎带着秋的凉意。

“影入平羌江水流”，李白的视线从对山头秋月的仰视转为对江水月影的俯视，诗脉也从写“山月”转到“水月”。平羌江在峨眉山的东北，就是现在的青衣江，它源出于四川芦山县，流至乐山县入岷江。“影”指月影，“入”和“流”是说月影映入江水，又随江水流去。为什么月影也会流动呢？因为李白的船在动，他看月影也在随着船移动。这样的情景让李白沉醉。他呆呆地看着这月影，在想些什么？这一句，不仅写出了月映清江的美景，也暗点了秋夜行船之事。

“夜发清溪向三峡”，这一句点明了这是一个旅途之夜。李白正连夜从清溪驿出发，进入岷江，向三峡驶去。这里的“清溪”就是清溪驿，在青衣江上，今天四川犍为县峨眉山附近。据记载，杜甫、岑参、苏轼、陆游等都到过这里，并留下了诗篇。

“思君不见下渝州”，李白越走越远，那半轮秋月时隐时现，最后终于看不见了。我们知道，在李白前行的路途中，一定还有月亮相伴。但是，峨眉山月不可见了，平羌江月也不可睹了，昨夜之月已非今夜之月，他乡之月亦非故乡之月。所以，李白的惜别和思念在“思君不见”之时淋漓而出，充满惆怅。就让这样的思念顺流而下，直到渝州吧！

李白在这首诗中连用了五个地名，构思精巧，不着痕迹。他依次经过的地点是：峨眉山—平羌江—清溪—三峡—渝州，诗境就这样渐次为读者展开了一幅千里蜀江行旅图。李瑛《诗法易简录》说：“此就月写出蜀中山峡之险峻也。在峨眉山下，犹见半轮月色，照入江中。自清溪入三峡，山势愈高，江水愈狭，两岸皆峭壁层峦，插天万仞，仰眺碧落，仅余一线，并此半轮之月亦不可见，此所以不能不思也。”你知道“思君不见下渝州”的“君”指的是谁吗？

趣读李白诗

1. 汉字密码

你来猜一猜，这是《峨眉山月歌》中的哪个字？

这是诗中的“影”字。其实，“影”的本字是“景”。你看，上边的“日”就表示太阳，下边是个“京”字，表音。

2. 词语对碰

读一读，对一对。请你为下面的词语对对子吧！

峨眉山对（　　　　　）　　半轮对（　　　　）　　三峡对（　　　　）

3. 我问你答

请选择下面书写完全正确的一组（　　）。

A. 娥眉山月半轮秋，影入平羌江水流

B. 峨嵋山月半轮秋，影入平羌江水流

C. 峨眉山月半轮秋，影入平羌江水流

4. 古诗填字

请根据提示，把下面的诗句填写完整。

峨眉山月歌

_______山月半轮秋，

影入_______江水流。

夜发_______向_______，

思君不见下_______。

5. 飞花令

请你以“月”字为令，补全诗句。

① 月 ____________________。

② 二 月 春 风 似 剪 刀 。

③ ______ 月 ____________。

④ 峨 眉 山 月 半 轮 秋 。

⑤ ____________ 月 ______。

⑥ 毕 竟 西 湖 六 月 中 。

⑦ __________________ 月 。

6. 读诗写文

李白这一夜旅行，看到了什么？想到了什么？请你结合本诗，替李白写一篇日记吧！

渡荆门送别

渡远荆门外，来从楚国游。
山随平野尽，江入大荒流。
月下飞天镜，云生结海楼。
仍怜故乡水，万里送行舟。

注释

荆门：山名，位于今湖北省宜都县西北、长江南岸，与北岸虎牙山对峙，地势险要，自古即有楚蜀咽喉之称。

楚国：楚地，指湖北一带，春秋时期属楚国。

江：长江。

海楼：海市蜃楼，这里形容江上云霞的美丽景象。

怜：怜爱。一作“连”。

故乡水：指从四川流来的长江水。因诗人从小生活在四川，把四川称作故乡。

诵读点拨

《渡荆门送别》是李白青年时期出蜀至荆门时，赠别家乡的诗作。李白从“五岁诵六甲”起，直至远渡荆门，一直在四川生活，读书于戴天山上，游览峨眉，隐居青城，对蜀中的山山水水怀有深挚的感情。这次离别家乡，发青溪，向三峡，下渝州，渡荆门，轻舟东下，意欲“南穷苍梧，东涉溟海”。这是诗人第一次离开故乡漫游全国，准备实现自己的理想抱负。李白这次出蜀，由水路乘船远行，经巴渝，出三峡，直向荆门山之外驶去，目的是到湖北、湖南一带楚国故地游览。

“渡远荆门外，来从楚国游”，首联两句非常简单，读起来却非常辽阔。“渡远”其实就是“远渡”，李白离开家乡，千里迢迢，乘船渡过荆门，来到春秋战国时期楚国的境内游览。在这里，李白会看到什么，感受到什么呢？

“山随平野尽，江入大荒流”，颔联写了两个事物，一个是“山”，一个是“江”。当李白的船出了三峡、渡过荆门山后，他看见了长江两岸的特有景色：两岸的山逐渐消失了，眼前出现一望无际的低平的原野。你看，一个“随”字，就让静止的山有了动态的感觉。你有没有乘火车从山区进入平原的经历？如果有的话，你看山消失了，平原出现了，这样的景象就叫“山随平野尽”。李白还关注到了长江水。江水奔腾，从荆门往远处望去，仿佛流入荒漠辽远的原野，显得天空寥廓，境界高远。一个“入”字，让人感觉江水非常有力量，在这背后，其实是李白心中充满了豪情，充满了喜悦。所以，我们不仅要知道“平野”“大荒”这些是属于辽阔的意象，而且要体会到是李白舟行的视角赋予了景象动态的特征。在陡峭奇险、重峦叠嶂的三峡地带穿行多日后，突然见到壮阔之景，豁然开朗的心情可想而知。值得一提的是，这两句与杜甫的“星随平野阔，月涌大江流”（《旅夜书怀》），同为佳句，却各尽其妙。它们的区别在于，李诗描写的是白天的景致，杜诗描写的是夜晚的景色，李诗是“行舟暂视”，杜诗是“停舟细观”（王琦《李太白集辑注》），并无优劣可分。

“月下飞天镜，云生结海楼”，写完山势与流水，李白从不同角度描绘他所看到的景色：一个是“月”，一个是“云”。李白坐在船上，抬头遥看万里长空，只见一轮明月，犹如天上飞下的明镜，皎洁澄澈，普照大地。而那飘荡在碧空中的云连接在一起，由于折光，构成了像海市蜃楼一样壮观美丽的云霞景色。一个“下”字、一个“生”字让月和云有了动态之感、有了壮阔之力。难怪俞陛云说：“五六句写江中所见。以天镜喻月之光明，以海楼喻云之奇特，惟江天高旷，故所见如此。若在院宇中观云月，无此状也。”（《诗境浅说》）

“仍怜故乡水，万里送行舟”，尾联紧扣“送别”的诗题，与开头两句写李白离蜀远游的诗意遥相呼应。这两句诗的妙处在于，明明是李白有离乡惜别的情思，却不直说，反而采用拟人化手法，说“故乡水”对自己怀有深情，不辞劳苦，从四川一直送他到荆门外，也就是“万里送行舟”。采用这种手法将离乡之情表现得更曲折含蓄，更有诗味和情趣。

在这首诗中，我们透过李白对大自然景象的细致观察和欣赏，能体会到青年时期的李白刚刚走向社会的那种积极进取的精神，以及他兴致勃勃的无穷活力。尤其“山随平野尽，江入大荒流”两句，描绘出一幅非常真实的山水画卷，给人们留下了领略不尽的审美感受。学到这里，你能发挥想象，说一说“渡荆门送别”在诗中除了“故乡水”“万里送行舟”之外，还有什么在送别吗？

趣读李白诗

1. 汉字密码

你来猜一猜，这是《渡荆门送别》中的哪个字？

这是诗中的“乡”字。“乡”字的繁体字写作“鄉”。文字像两个人围着簋中的食物面对面坐下来，一同进餐。你能找到哪个部分代表人，哪个部分代表食物吗？

2. 词语对碰

“山随平野尽，江入大荒流。月下飞天镜，云生结海楼。”写的是李白所见到的壮阔景象，其中，“山”对（　　　），“平野”对（　　　），“月”对（　　　）。你还知道哪些相同的句式？（　　　）对（　　　）。

3. 我问你答

诗中“仍怜故乡水，万里送行舟”的“故乡”指的是哪里？（　　）

A. 四川　　　　B. 荆门　　　　C. 楚国

4. 古诗填字

请根据提示，把下面的诗句填写完整。

渡荆门送别

渡远________外，来从________游。

山随________尽，江入________流。

________飞天镜，________结海楼。

仍怜________水，万里送________。

5. 飞花令

请你以“山”字为令，补全诗句。

① 山 ________________________。

② 千 山 鸟 飞 绝 。

③ ________ 山 ________________。

④ 咬 定 青 山 不 放 松 。

⑤ ________________ 山 ________。

⑥ 平 明 送 客 楚 山 孤 。

⑦ ________________________ 山 。

6. 诗情画意

请你根据“月下飞天镜，云生结海楼”作一幅画吧。

第三讲　山水壮丽

望天门山

天门中断楚江开，碧水东流至此回。
两岸青山相对出，孤帆一片日边来。

注释

天门山：位于今安徽省当涂县西南的长江两岸，东为东梁山（又称博望山），西为西梁山（又称梁山），两山隔江对峙，形同天设的门户，天门由此得名。《江南通志》云："两山石状晓岩，东西相向，横夹大江，对峙如门。俗呼梁山曰'西梁山'，呼博望山曰'东梁山'，总谓之天门山。"

中断：长江水从中间隔断两山。

楚江：当涂在战国时期属楚国，故流经此地的长江称楚江。

诵读点拨

《望天门山》是李白25岁时初出巴蜀，乘船赴江东，经当涂（今属安徽）时初次见到天门山所作。这首诗紧扣诗题中的"望"字，天门、楚江、碧水、青山都是"望"中所得。"断""开""流""回""出""来"六个动词充满力量。全诗意境开阔，气势豪迈，色彩鲜明，让我们看到了豪放飘逸的青年李白。

"天门中断楚江开"，一个"断"字，一个"开"字，非常有力量。这句诗给人丰富的想象，让人想到天门两山原本是一个整体，阻挡着汹涌的江水，但是由于楚江的冲击，撞开了"天门"，使它中断而成为东西两山。浩荡东流的楚江冲破天门山奔腾而去的壮阔气势被描绘了出来。在李白的笔下，楚江似乎拥有冲开一切的巨大力量，而天门山也似乎为它让出了一条通道。这种"力能开山"的写法在李白的《西岳云台歌送丹丘子》中也有所运用："巨灵（河神）咆哮擘两山（指河西的华山与河东的首阳山），洪波喷流射东海。"

"碧水东流至此回"，这一句反过来写山对水的约束。由于两山夹峙，浩阔的长江流经山间的狭窄通道时，激起回旋，形成波涛汹涌的奇观。如果说上一句是借山势写出水的汹涌，那么这一句则是借水势衬出山的奇险。李白的《西岳云台歌送丹丘子》中有“西岳峥嵘何壮哉！黄河如丝天际来。黄河万里触山动，盘涡毂转秦地雷”中的“盘涡毂转”也就是“碧水东流至此回”，是描绘万里江河受到峥嵘奇险的山峰阻遏时出现的情景。

“两岸青山相对出，孤帆一片日边来。”这两句要放在一起来看。这时候，我们可以思考一个问题：李白是在什么位置“望天门山”的呢？其实，李白并不是站在岸边的某个地方。如果站在岸边，那大概是只会产生“两岸青山相对立”的静态感，而不是“两岸青山相对出”了。李白“望”的立脚点是从“日边来”的“一片孤帆”——船上。只有在船上，顺流而下，两边的山才会扑进眼帘，“相对出”的感觉才有明显。“出”字不但逼真地表现了在舟行过程中“望天门山”时天门山特有的姿态，而且寓含了李白的新鲜喜悦之感。夹江对峙的天门山，似乎正迎面向自己走来，表示它对江上来客的欢迎。青山有情，远客也有兴。“孤帆一片日边来”正传神地描绘出孤帆乘风破浪，越来越靠近天门山的情景，和李白欣然目睹名山胜景的情状。这一句饱含李白的激情，让这首诗在描绘出天门山雄伟景色的同时，突出了李白豪迈奔放、自由洒脱、无拘无束的形象。

趣读李白诗

1. 汉字密码

你来猜一猜，这是《望天门山》中的哪个字？

这是诗中的“断”字。左边是刀割断丝的样子，右边“斤”字，表示斧头。本义是截开、割断的意思。

本诗中的“断”没有使用斧头，而是说楚江的水截断了山，可见水的力量很大，气势磅礴。李白还有诗云“抽刀断水水更流，举杯销愁愁更愁”，你知道这里是什么“断”了什么吗？

2. 词语对碰

读一读，对一对。请你为下面的词语对对子吧！

两岸对（　　　　）　青山对（　　　　）　日边来对（　　　　）

3. 我问你答

诗中“两岸青山相对出”的“青山”指的是什么山？（　　）

A. 东梁山　　　　B. 西梁山　　　　C. 峨眉山

4. 古诗填字

请根据提示，把下面的诗句填写完整。

望天门山

天门________楚江____，

碧水________至此____。

两岸青山____________，

孤帆一片____________。

5. 飞花令

请你以“江”字为令，补全诗句。

① 江 ______________________。

② 半 江 瑟 瑟 半 江 红 。

③ ________ 江 ________________。

④ 月 涌 大 江 流 。

⑤ ________________ 江 ________。

⑥ 千 寻 铁 锁 沉 江 底 。

⑦ ________________________ 江 。

6. 诗情画意

请你根据这首诗作一幅画吧。

望庐山瀑布

日照香炉生紫烟，
遥看瀑布挂前川。
飞流直下三千尺，
疑是银河落九天。

注释

香炉：指香炉峰。

三千尺：形容山高，这里是夸张的说法，不是实指。

九天：古人认为天有九重，九天是天的最高层，此处指天空的最高处。

诵读点拨

《望庐山瀑布》是李白初游庐山时所作的诗，原诗有两首，一为五古，一为七绝，可见李白对庐山瀑布的喜爱之情。本书中选用的这首历来广为传诵。这首诗前两句描绘了庐山瀑布的奇伟景象，后两句用夸张的比喻和浪漫的想象，进一步描绘瀑布的形象。读来气势磅礴，十分震撼。

“日照香炉生紫烟”，首句没有写瀑布，而是写香炉峰。乐史《太平寰宇记》记载它“在庐山西北，其峰尖圆，烟云聚散，如博山香炉之状”，所以被称为“香炉峰”。香炉峰因为“日照”产生了“生紫烟”的效果，这里特别要注意烟的颜色。紫色有着特殊意义：紫色的云气是祥瑞的象征。传说老子过函谷关之前，关尹喜见有紫气从东而来，知道有圣人过关，果然老子骑着青牛而来。后来就将紫气附会成为吉祥的征兆。这里，也能够看出李白受道教的影响颇深，所以他的诗中用的是“紫烟”。

“遥看瀑布挂前川”，这一句出现了瀑布，而李白的视角是远视。“挂”是李白“遥看瀑布”的第一感觉，这种接近静态的“挂”只有远远去看，才会有所感受。瀑布像是一条巨大的白练，高挂于庐山之上。这不由得让人联想：是谁能将这瀑布“挂”起来呢？瀑布的形象是大自然的造化，所以这里也包含着李白对大自然的神奇伟力的赞颂。

“飞流直下三千尺”，这一句非常形象，非常有力。它写出了山势的高，瀑布的急。相比于上一句，这一句更像是李白细观瀑布的感受。“飞”字把瀑布喷涌而出的景象描绘得极为生动。“直下”把那势不可挡的气势写得淋漓尽致。而“三千尺”更是一种率性之笔，我们都知道庐山瀑布没有三千尺那么长，但我们恰恰会被“三千尺”所震撼，所感动。这样的瀑布是不可一世的，是飞扬跋扈的，这和李白的性格是相吻合的。

“疑是银河落九天”，李白并没有满足于“三千尺”的夸张，他把庐山瀑布想象得更加离奇。“疑是”二字很值得细细品味，李白明明知道“不是”，却偏偏能产生“银河落九天”的联想。在李白的想象中，庐山瀑布已经不是凡间的瀑布，而是九天的银河倾泻而下，落入凡间。这和第一句“香炉生紫烟”一样是“仙家之笔”，可以说，正是有了香炉紫烟的神仙境地的感受，才会有银河落九天的联想。前后一脉贯之，夸张而又自然，新奇而又真切，使得整个瀑布变得更为丰富多彩，雄奇瑰丽，给人留下了深刻的印象和想象的空间。

李白一生游历过很多名山大川，在这当中，他非常喜欢庐山的风景，甚至有过晚年归隐庐山的想法。而自从李白的这首《望庐山瀑布》问世以后，很多诗人虽然也写过庐山，却很少有人写庐山瀑布了。中唐诗人徐凝写了一首《庐山瀑布》，诗云：“虚空落泉千仞直，雷奔入江不暂息。千古长如白练飞，一条界破青山色。”场景虽也不小，但还是给人局促之感，原因大概是它转来转去都是瀑布、瀑布，显得很呆板。比起李白那种入乎其内，出乎其外，有形有神，奔放空灵，实在相去甚远。难怪苏轼说：“帝遣银河一派垂，古来唯有谪仙词。飞流溅沫知多少，不与徐凝洗恶诗。”（《戏徐凝瀑布诗》）话虽不无过激之处，然其基本倾向还是正确的，可见苏轼不仅是一位著名的诗人，也是一位颇有见地的鉴赏家。

趣读李白诗

1. 汉字密码

你来猜一猜，这是《望庐山瀑布》中的哪个字？

这是诗中的“疑”字。甲骨文字形像一个拄着手杖的人张着嘴困惑而不知所向的样子。我们常常把“疑”和“惑”放在一起使用，但是两个字是有差别的。“疑”是生于对外部的无知，致知即可释疑；“惑”是生于内心的混乱，心乱生于贪欲。

李白的诗中很多都带有“疑”字，表现他丰富的想象，比如“又疑瑶台镜，飞在青云端”“杨花满江来，疑是龙山雪”“疑是老僧休念诵，腕前推下水晶珠”“人疑天上坐楼船，水净霞明两重绮”等。你还知道哪些带有“疑”的诗句呢？

2. 词语对碰

读一读，对一对。请你为下面的词语对对子吧！

香炉对（　　　　）　紫烟对（　　　　）　三千尺对（　　　　）

3. 我问你答

诗中“飞流直下三千尺，疑是银河落九天”的“尺”和下面哪一句诗里的“尺”意思不一样？（　　）

A. 桃花潭水深千尺，不及汪伦送我情。

B. 何当凌云霄，直上数千尺。

C. 左手持刀尺，右手执绫罗。

4. 古诗填字

请根据提示，把下面的诗句填写完整。

望庐山瀑布

日照_______生_______，

遥看_______挂前川。

飞流直下__________，

疑是_______落九天。

5. 飞花令

请你以“天”字为令，补全诗句。

① 天 ______________。

② 接 天 莲 叶 无 穷 碧 。

③ ______ 天 __________。

④ 碧 海 青 天 夜 夜 心 。

⑤ __________ 天 ______。

⑥ 暮 霭 沉 沉 楚 天 阔 。

⑦ ________________ 天 。

6. 读诗写文

李白远望庐山瀑布，看到了什么样的景象？发出了怎样的感慨？请你结合本诗，以“望庐山瀑布”为题，替李白写篇日记吧！

第四讲　金陵胸臆

金陵酒肆留别

风吹柳花满店香，
吴姬压酒唤客尝。
金陵子弟来相送，
欲行不行各尽觞。
请君试问东流水，
别意与之谁短长？

注释

金陵：今江苏省南京市。

酒肆：酒店。

留别：临别留诗给送行者。

风吹：一作“白门”。

吴姬：吴地的青年女子，这里指酒店中的侍女。

压酒：压糟取酒。古时新酒酿熟，临饮时方压糟取用。

唤：一作“劝”，一作“使”。

欲行：将要走的人，指诗人自己。

不行：不走的人，即送行的人，指金陵子弟。

尽觞：喝尽杯中的酒。觞，酒杯。

试问：一作“问取”。

诵读点拨

《金陵酒肆留别》当作于李白26岁的时候，李白在出蜀那年的秋天，往游金陵(今江苏南京)，逗留了大半年时间。第二年春天，他又去了扬州，临行之际，朋友在酒店为他饯行，李白作了这首诗留别。

“风吹柳花满店香，吴姬压酒劝客尝。”这一联是写“酒肆”，写得非常热闹。“柳花”就是柳絮，有人会有疑问：“柳絮没有香味啊？怎么会‘满店香’呢？”是啊！柳絮本来无香，但李白却闻到了，“香”字一方面表明任何草木都有它微妙的香味，一方面代表了春天的气息，而且为下文的酒香埋下伏笔。其实，“满店香”不一定仅仅是“柳花香”，还有可能是春风吹来的花香、春天的泥土香、新压的美酒香等。“香”字还包含着李白内心的喜悦，酒店气氛的热烈。金陵古代属于吴地，于是称当地女子为“吴姬”，这里指酒家女。春风吹着柳絮，酒店里飘满芳香。这时候，还有江南的女子一边压酒（即压酒糟取酒汁），一边笑语殷勤地招呼客人。这样的场景，真是令人陶醉，令人迷恋。

“金陵子弟来相送，欲行不行各尽觞。”这一联是在说饮酒相送的场面。“觞”是酒器。“尽觞”就是喝尽杯中的酒。“欲行不行”是说将要走的和不走的人。金陵的一群年轻人来到这里，为李白送行。他们你斟我敬，个个干杯畅饮。一帮青年朋友喝酒话别，兴致盎然，没有那么浓重的悲伤，这很符合年轻人的特点。李白曾在《上安州裴长史书》中说：“曩昔东游维扬，不逾一年，散金三十余万，有落魄公子，悉皆济之。此则白之轻财好施也。”李白性格豪爽，喜好交游，当时既年轻富有，又仗义疏财，朋友自然很多。从这首诗中，我们也能看到，李白在金陵时结交的朋友不少。

“请君试问东流水，别意与之谁短长？”这一联试抒发惜别之情。面对美丽的江南风物和朋友们的盛情挽留，李白依依不舍，然而怎样才能表达自己的无限惜别之情呢？李白一指江水，说：“请你们问问那东流的江水，我和大家的离情别意与这江水相比，究竟谁的短谁的长呢？”我们都知道，离情别意是看不见摸不到的，不容易让人知道程度。但是，江水是看得见摸得到的，江水滚滚不绝，长流不断。李白的一问，恰恰是在说自己的别情比这无尽的江水还长。这和他的“桃花潭水深千尺，不及汪伦送我情”有异曲同工之妙。

其实，很多人写离别，都会写离别的愁苦和悲伤，就是我们常说的“离愁别绪”。但是，李白在这首诗中似乎连一点愁的影子都不见，只有别意。李白当时正值青春华茂，他留别的不是一两个知己，而是一群青年朋友。这种惜别之情酣畅淋漓，并不哀伤，富有青春豪迈、风流潇洒的情怀。

趣读李白诗

1. 汉字密码

你来猜一猜，这是《金陵酒肆留别》中的哪个字？

这是诗中的“酒”字。“酒”原写作“酉”，“酉”字像在一个酿酒盛酒的圆底尊，里面有液体、酒汁。后来，又在左边加了“水”强调坛子中装的是液体，与表示容器的“酉”区别开来。

酒是一种文化。中国自古以来，无数诗篇含有酒这一元素。如李白有“举杯邀明月”的雅兴，而苏轼有“把酒问青天”的胸怀，欧阳修有“酒逢知己千杯少”的豪迈，曹操有“对酒当歌，人生几何”的苍凉，杜甫有“白日放歌须纵酒，青春作伴好还乡”的喜悦。

2. 词语对碰

读一读，对一对。请你为下面的词语对对子吧！

柳花对（　　　　）　　金陵对（　　　　）　　东流水对（　　　　）

3. 我问你答

诗中“金陵子弟来相送”的“金陵”指的是现在的什么城市？（　　）

A. 北京　　　　B. 南京　　　　C. 杭州

4. 古诗填字

请根据提示，把下面的诗句填写完整。

金陵酒肆留别

风吹________满店香，

________压酒唤客尝。

________子弟来相送，

欲行不行____________。

请君试问____________，

________与之谁短长？

5. 飞花令

请你以“酒”字为令，补全诗句。

① 酒 ______________。

② 把 酒 问 青 天 。

③ _______ 酒 ______________。

④ 葡 萄 美 酒 夜 光 杯 。

⑤ ______________ 酒 _______。

⑥ 夜 泊 秦 淮 近 酒 家 。

⑦ _____________________ 酒 。

6. 读诗写文

李白要离开了，他的朋友们都舍不得他。请你发挥想象，替李白写一写送别的时候，大家都说了什么，做了什么吧！

____

____

____

____

____

____

____

____

____

____

____

____

金陵城西楼月下吟

金陵夜寂凉风发，独上高楼望吴越。
白云映水摇空城，白露垂珠滴秋月。
月下沉吟久不归，古来相接眼中稀。
解道澄江净如练，令人长忆谢玄晖。

注释

吴越：泛指今江浙一带。

白露：秋天的露水。

沉吟：深思。

相接：精神相通、心心相印的意思。此指能彼此对话，思想感情上互生共鸣的人。

解道：懂得说。

谢玄晖：谢朓，南朝齐著名诗人，字玄晖。

诵读点拨

《金陵城西楼月下吟》的创作时间大致有两种说法：一种认为作于唐玄宗开元十四年(726)，这时，李白第一次到金陵，他登金陵城西楼有感而作；另一种认为作于唐玄宗天宝(742—756)年间，这时，李白刚被排挤离开长安。不管是何时所作，李白在这首诗中表现出和《金陵酒肆留别》截然不同的心情，缺少知音，寂寞难耐，成了这首诗的情感基调。

“金陵夜寂凉风发，独上高楼望吴越。”首联读来便有些孤独。李白在寂静的夜晚，独自一人登上城西楼。城西楼就是孙楚酒楼，西晋诗人孙楚曾来到这里登高吟咏，所以得名；位于金陵城西北覆舟山上，蜿蜒的城垣，浩渺的长江，皆陈其足下，为观景胜地。这一夜，李白站在楼上，望着吴越之地。“凉风发”，暗示季节是秋天，与下文“秋月”相呼应。“夜寂”“独上”“望吴越”等词句中，我们能够感到李白登楼时的孤寂和怅惘。

"白云映水摇空城，白露垂珠滴秋月。"这一联中，从两个视角来写李白看到的事物，上一句是俯视，下一句是仰观。俯视的时候，李白看到白云和城垣的影子倒映在江面上，微波涌动，恍若白云、城垣在轻轻摇荡；仰观的时候，李白看到遥空垂落的露珠，在月光映照下，像珍珠般晶莹，仿佛是从月亮中滴出。这一联，把秋月下临江古城特殊的夜景，描绘得非常逼真传神。两个"白"字，在色彩上分外渲染出月光之皎洁，云天之渺茫，露珠之晶莹，江水之明净。"空"字，在气氛上又令人感到古城之夜特别静寂。"摇""滴"两个动词用得尤其神奇，城是不会"摇"的，但"凉风发"，水摇，影摇，仿佛城也摇荡起来；月亮是不会"滴"露珠的，但"独上高楼"，凝神仰望秋月皎洁如洗，好像露珠是从月亮上滴下似的。"滴"与"摇"，使整个静止的画面飞动起来，"着一字而境界全出"。

"月下沉吟久不归，古来相接眼中稀。"这一联中，描写李白在月下沉吟，久久不归。他是在慨叹人世沧桑，知音难遇。在李白看来，不仅眼前知音稀少，而且自古以来有才华、有抱负的人也都是如此。一个"稀"字，吐露了李白一生怀才不遇、愤世嫉俗的苦闷心情。"眼中"既然"稀"，李白很自然地怀念起他所敬慕的历史人物。这里"眼中"二字对最后一联，在结构上又起了"金针暗度"的作用，暗示底下将要写的内容。

"解道澄江净如练，令人长忆谢玄晖。"谢玄晖就是谢朓，是李白一生都敬慕的人。谢朓的诗风清新秀逸，他孤直傲岸的性格和不幸遭遇同李白相似。用李白的话说，就叫作"今古一相接"(《谢公亭》)。谢朓在被排挤出京离开金陵时，曾写有《晚登三山还望京邑》这一著名诗篇，描写金陵壮美的景色和抒发去国怀乡之愁。"澄江净如练"就是此诗中的一句，他把清澈的江水比喻成洁白的丝绸。李白夜登城西楼和谢朓当年晚登三山，境遇同样不幸，心情同样苦闷，就很自然地会联想到当年谢朓笔下的江景，想到谢朓写《晚登三山还望京邑》的心情，于是发出会心的赞叹："解道澄江净如练，令人长忆谢玄晖。"意思是说：谢朓能吟出"澄江净如练"这样的好诗，令李白深深地怀念他。这一联实际话中有话，其"潜台词"是：李白与谢朓精神"相接"，谢朓的诗李白能理解；此时李白写此诗，与谢朓当年心情相同，可是已经没有人能"解道"，能"长忆"了。可见李白"长忆"谢朓，是感慨自己身处暗世，缺少知音，孤寂难耐。这正是此诗的命意，在结处含蓄地点出，与开头的"独上"相呼应，蕴含了"月下沉吟"的诗人无比的寂寞和忧愁。

《金陵城西楼月下吟》这首诗中，词语的选用，韵律的变换，在色彩上、声调上、韵味上，都协调一致，显示出一种苍茫、悲凉、沉郁的氛围。这就格外突出了诗中的抒情主线，使得全诗浑然一体，愈见精美。

趣读李白诗

1. 汉字密码

你来猜一猜，这是《金陵城西楼月下吟》中的哪个字？

这是诗中的“垂”字。从土，𠂹声。本义是边陲。

“垂”在诗词中也常常出现，贺知章有“碧玉妆成一树高，万条垂下绿丝绦”写的是垂柳，胡令能有“蓬头稚子学垂纶，侧坐莓苔草映身”写的是垂钓，请你说说看，元稹的“垂死病中惊坐起，暗风吹雨入寒窗酒”的“垂”又是什么意思呢？

2. 词语对碰

读一读，对一对。请你为下面的词语对对子吧！

凉风对（　　　　）　　白云对（　　　　）　　净如练对（　　　　）

3. 我问你答

诗中“解道澄江净如练，令人长忆谢玄晖”的“谢玄晖”指的是谁？（　　）

A. 谢朓　　　　B. 谢灵运　　　　C. 谢安

4. 古诗填字

请根据提示，把下面的诗句填写完整。

金陵城西楼月下吟

______夜寂凉风发，独上高楼______。

白云______摇空城，白露______滴秋月。

月下沉吟________，古来相接________。

解道______净如练，令人长忆________。

5. 飞花令

请你以“风”字为令，补全诗句。

① 风 ______________________。

② 东 风 夜 放 花 千 树 。

③ ________ 风 ______________。

④ 忙 趁 东 风 放 纸 鸢 。

⑤ ________________ 风 ________。

⑥ 何 曾 吹 落 北 风 中 。

⑦ ________________________ 风 。

6. 诗情画意

请你根据“白露垂珠滴秋月”作一幅画吧。

第五讲　扬州思乡

静夜思

床前明月光，
疑是地上霜。
举头望明月，
低头思故乡。

注释

疑：好像。

诵读点拨

《静夜思》创作于唐玄宗开元十四年(726)九月十五日的扬州旅舍之中，当时李白26岁。同时同地所作的还有一首《秋夕旅怀》。《静夜思》是传诵千古、中外皆知的名篇。

诗很短，“疑是地上霜”的“疑”是全诗的关键。床前的月光那么亮，李白心中产生了“疑”，这到底是月光，还是满地霜呢？于是，他抬头看看月亮，月亮触动了他潜意识里的乡愁，他就低下了头，思念起故乡了。“思”字给人们留下丰富的想象：那家乡的父老兄弟、亲朋好友，那家乡的一山一水、一草一木，那逝去的年华与往事，无不在思念之中。一个“思”字所包涵的内容实在太丰富了。这首诗写得清新朴素，明白如话。内容是单纯的，却又是丰富的；字句是容易理解的，却又是体味不尽的。李白所没有说的比他说出来的要多得多，体现了“自然”“无意于工而无不工”的妙境。

“床前明月光”的“床”的解释是有争议的。关于“床”到底是什么，现传五种说法。①指井台。②指井栏。从考古发现来看，中国最早的水井是木结构水井。古代井栏有数米高，成方框形围住井口，防止人跌入井内，这方框形既像四堵墙，又像古代的床。因此古代井栏又叫“银床”，说明井和床有关系，其关系的发生则是由于两者在形状上的相似和功能上的类同。③“窗”的通假字。从意义上讲，

“床”可能与“窗”通假，而且在窗户前面是可能看到月亮的。但是，参照宋代版本，“举头望山月”，说明作者所言乃室外的月亮。从时间上讲，宋代版本比今本更加可靠。④取本义，即坐卧的器具，《诗经·小雅·斯干》有“载寝之床”，《周易·剥》“剥床”王辏注亦有“在下而安者也”之说，讲的就是卧具。⑤马未都等学者认为，床应解释为胡床。胡床，亦称“交床”“交椅”“绳床”，古时一种可以折叠的轻便坐具，功能类似小板凳，只是人所坐的面不是木板，而是可卷折的布或类似物，两边腿可合起来。现代人常为古代文献中“胡床”或“床”所误。至迟在唐时，“床”仍然是“胡床”。

更有趣的是，《静夜思》流传有两种版本，一个版本为：“床前明月光，疑是地上霜。举头望明月，低头思故乡。”是明代才出现的版本，由于《唐诗三百首》的传播而流传广泛。另一版本是宋代版本，载于宋蜀刻本《李太白文集》（卷六）：“床前看月光，疑是地上霜。举头望山月，低头思故乡。”流传不广。两种版本中，有两个字不同。

宋朝人上距李白比之《唐诗三百首》的编者，年代上要近得多，因此一般认为，宋代版本比明代版本更接近李白的原作，但仍有学者认为明代版本可能出自更早的版本。宋刊本《李太白文集》、宋人郭茂倩所编《乐府诗集》、洪迈所编《万首唐人绝句》中，《静夜思》的第一句均为“床前看月光”，第三句也均作“举头望山月”。宋人一直推崇唐诗，其收录编辑甚有规模，加之距唐年代相近，误传差错相对较少，故宋代乃至元代所搜集的《静夜思》应该是可靠准确的。元萧士赟《分类补注李太白集》、明高棅《唐诗品汇》，也是如此。在清圣祖钦定的权威刊本《全唐诗》中，也并没有受到同时代不同刊本的影响而对此诗作任何修改。

《静夜思》早已传入日本（日本静嘉堂文库藏有宋刊本《李太白文集》12 册），因日本人对唐诗的崇尚，在后世流传过程中并未对其作出任何修改。但在中国情况就不一样了，到了明代，赵宧光、黄习远对宋人洪迈的《唐人万首绝句》进行了整理与删补，《静夜思》的第三句被改成“举头望明月”，但是第一句“床前看月光”没有变化。清朝康熙年间沈德潜编选的《唐诗别裁》，《静夜思》的第一句是“床前明月光”，但第三句却是“举头望山月”。直到清乾隆二十八年（1763）蘅塘退士所编的《唐诗三百首》，吸纳了明刊《唐人万首绝句》与清康熙年间《唐诗别裁》对《静夜思》的两处改动，从此《静夜思》才形成了在中国通行至今的版本：“床前明月光，疑是地上霜。举头望明月，低头思故乡”。但是这也不是清朝流行的唯一版本，如上所述，就在《唐诗三百首》问世前58年的康熙四十四年(1705)，《全唐诗》中的《静夜思》就是与宋刊本完全相同的“床前看月光，疑是地上霜。举头望山月，低头思故乡。”后来中华书局出版的《全唐诗》也沿用着这一版本。

现通行的《静夜思》是明朝以后为普及诗词而改写的。经过“改动”的《静夜思》比“原版”要更加朗朗上口却是不争的事实，这也解释了“床前明月光”版比“床前看月光”版在中国民间更受欢迎的原因。中国李白研究会会长、新疆师范大学教授薛天纬先生在《漫说》(《文史知识》1984年第4期)一文中专门对两个版本的差异发表了如下看法：“仔细体味，第一句如作‘床前看月光’，中间嵌进一个动词，语气稍显滞重；再说，‘月光’是无形的东西，不好特意去‘看’，如果特意‘看’，也就不会错当成‘霜’了。而说‘明月光’，则似不经意间月光映入眼帘，下句逗出‘疑’字，便觉得很自然；何况，‘明’字还增加了月夜的亮色。第三句，‘望明月’较之‘望山月’不但摆脱了地理环境的限制，而且，‘山月’的说法不免带点文人气——文人诗中，往往将月亮区分为‘山月’‘海月’等，‘明月’则全然是老百姓眼中的月亮了。所谓‘篡改说’‘山寨说’实在是言过其实。”也有学者认为，“《静夜思》四句诗，至少有50种不同版本，并且你很难知道哪一种抄本更接近‘原本’。‘举头望明月’版本是在明代确定下来的。”

趣读李白诗

1. 汉字密码

你来猜一猜，这是《静夜思》中的哪个字？

这是诗中的“思”字。“思”上面的部分是“囟”字，表示大脑；下面的部分是“心”字。古人认为大脑和心脏都是思维器官。“思”的本义是“思考”。

2. 词语对碰

读一读，对一对。请你为下面的词语对对子吧！

床前对(　　　　)　　明月对(　　　　)　　地上霜对(　　　　)

3. 我问你答

下面的诗句中，哪一句和诗中“低头思故乡”的所思的对象相同？（　　）

A. 每逢佳节倍思亲　　B. 尚思为国戍轮台

C. 日日思君不见君　　D. 故乡今夜思千里

4. 古诗填字

请根据提示，把下面的诗句填写完整。

静夜思

床前______光，

疑是______霜。

举头________，

低头________。

5. 飞花令

请你以“霜”字为令，补全诗句。

① 霜 ____________。

② 微 霜 凄 凄 簟 色 寒 。

③ ______ 霜 __________。

④ 空 里 流 霜 不 觉 飞 。

⑤ __________ 霜 ______。

⑥ 艰 难 苦 恨 繁 霜 鬓 。

⑦ ______________ 霜 。

6. 读诗写文

你有没有思念家乡或亲人的时候，请你写一写吧！

____

____

____

秋夕旅怀

凉风度秋海，吹我乡思飞。
连山去无际，流水何时归。
目极浮云色，心断明月晖。
芳草歇柔艳，白露催寒衣。
梦长银汉落，觉罢天星稀。
含悲想旧国，泣下谁能挥。

注释

寒衣：指御寒的衣服。

旧国：指代故乡。

诵读点拨

《秋夕旅怀》作于唐玄宗开元十四年(726)，当时李白正寄住在扬州旅舍。《秋夕旅怀》当为《静夜思》的续篇，在这首诗中，李白道出了浓浓的乡愁。

“凉风度秋海，吹我乡思飞。”在第一联中，李白就直接道出了思乡的哀愁。秋天本来就是万物衰落、草木凋敝的季节，也是容易引发诗人愁苦心绪的季节。所谓“伤春悲秋”，就是如此。此时，李白独处他乡，秋风勾起了他的思乡之情。“凉风”给人凄凉的感觉，“秋海”给人愁如海、无边际之感，乡思本来是不能被“吹”“飞”的，李白这样说，就好像乡思成了可触可感的事物，可见他的乡思之浓。

“连山去无际，流水何时归。”在第二联中，写的是李白看到的事物。他看到山峦连绵不尽，流水滚滚不息。山无际，阻挡了李白的眼，他无法看到故乡；水不息，不知何时才能归来，就像李白的行踪。中国古诗中，“山”和“水”本就都有一定的阻隔含义。在这首诗中，它们阻隔着李白和故乡，把李白的愁苦渲染得更深。

“目极浮云色，心断明月晖。”在第三联中，李白抬眼望去，看到灰色的浮云、寒冷的月光。“浮云色”是浮云灰暗，“浮云”在古诗中有着较多的内涵：一是遮蔽阻挡，如“浮云蔽日”；二是漂泊不定，如“浮云游子”；三是变化无常，如“浮云苍狗”。李白此时离开故乡，是一位游子，在月明之夜思念故乡，选择“浮云”入诗，是有一定内涵的。“明月晖”既形容了月光的皎洁，又表达了季节的寒冷，还烘托出诗人漂泊他乡的孤寂凄凉之情。李白目之所及，体之所感，都有着深深的愁思。

“芳草歇柔艳，白露催寒衣。”在第四联中，李白的笔触写到了两个相对的事物，一个是芳草，一个是白露。芳草往往也寄托着离愁别绪和乡思之情。诗中的芳草已经不再柔艳，既符合秋天的景象，也符合思乡之深切。白露，说明夜很深了，寒冷的霜露催着人们快快准备寒衣。

“梦长银汉落，觉罢天星稀。”在第五联中，李白从现实写到了梦中，他说，他常常梦到银河落下，长梦过后，醒来时看见天上星星稀少。这也是带着忧伤的。

“含悲想旧国，泣下谁能挥。”在第六联中，李白再一次直抒胸臆，只能含着悲伤思念故乡，没有人来为他擦拭眼泪。

《秋夕旅怀》一诗以秋风起笔，描写了“连山”“流水”“芳草”“白露”等意象，借对秋天景色的描写抒发了羁旅之愁，寓情于景，情景交融，点染衬托出诗人的浓重乡情。

趣读李白诗

1. 汉字密码

你来猜一猜，这是《秋夕旅怀》中的哪个字？

这是诗中的“浮”字。左边的部分表意，表示水；右边的部分表音。“浮”的本义就是漂浮。

2. 词语对碰

读一读，对一对。请你为下面的词语对对子吧！

浮云对（　　　　） 寒衣对（　　　　） 想旧国对（　　　　）

3. 我问你答

诗中“含悲想旧国”的“旧国”指的是哪里？（　　）

A. 唐朝　　B. 长安　　C. 四川

4. 古诗填字

请根据提示，把下面的诗句填写完整。

秋夕旅怀

凉风度______，吹我______飞。
______去无际，______何时归。
目极______色，心断______晖。
______歇柔艳，______催寒衣。
梦长______落，觉罢______稀。
含悲想______，______谁能挥。

5. 飞花令

请你以“秋”字为令，补全诗句。

① 秋__________________。
② 中秋谁与共孤光。
③ ______秋____________。
④ 解落三秋叶。
⑤ ____________秋______。
⑥ 石破天惊逗秋雨。
⑦ __________________秋。

6. 诗情画意

请你根据“连山去无际，流水何时归”作一幅画吧！

第六讲　与孟浩然

黄鹤楼送孟浩然之广陵

故人西辞黄鹤楼，
烟花三月下扬州。
孤帆远影碧空尽，
唯见长江天际流。

注释

黄鹤楼：中国著名的名胜古迹，故址在今湖北武汉武昌蛇山的黄鹄矶上，传说三国时期的费祎于此登仙乘黄鹤而去，故称黄鹤楼。原楼已毁，现存楼为1985年修葺。

之：往。

广陵：今扬州。

故人：老朋友，这里指孟浩然。其年龄比李白大，在诗坛上享有盛名。李白对他很敬佩，彼此感情深厚，因此称之为“故人”。

烟花：形容烟雾迷蒙、鲜花似锦的春天景物。

下：顺流向下而行。

诵读点拨

《黄鹤楼送孟浩然之广陵》是李白出蜀壮游期间的作品。李白是一位热爱自然、喜欢交友的诗人，他“一生好入名山游”，在漫游和漂泊中走完了自己的人生，足迹遍布中原内外，留下了许多歌咏自然、歌颂友情的作品。

唐玄宗开元十五年(727)，李白东游归来，至湖北安陆，年已27岁。他在安陆住了十年之久，很多时候都是在外游历，以诗酒会友，用他自己的话说就是“酒隐安陆，蹉跎十年”(《秋于敬亭送从侄耑游庐山序》)。也就是寓居安陆期间，李白结识了长他12岁的孟浩然。孟浩然对李白非常赞赏，两人很快成了挚友。开元十八年(730)三月，李白得知孟浩然要去广陵，便托人带信，约孟浩然在江夏相会。几天后，孟浩然乘船东下，李白亲自送到江边。送别时写下了这首《黄鹤楼送孟浩然之广陵》。

这首送别诗有它特殊的感情色调。它不同于王勃《送杜少府之任蜀川》的那种少年刚肠，也不同于王维《渭城曲》的那种深情体贴。这首诗，表现的是一种充满诗意的离别。这是因为这两位诗人风流潇洒，也是因为这次离别发生在繁华的时代、繁华的季节、繁华的地区，在愉快的分手中还带着诗人李白的向往，这就使得这次离别有着无比的诗意。

李白与孟浩然的交往，是在他刚出四川不久，正当年轻快意的时候，他眼里的世界，还是那样美好。比李白大十多岁的孟浩然，这时已经诗名满天下了。他给李白的印象是陶醉在山水之间，自由而愉快，所以李白在《赠孟浩然》诗中说："吾爱孟夫子，风流天下闻。红颜弃轩冕，白首卧松云。"这次离别正当开元盛世，太平而又繁荣，季节是烟花三月、春意最浓的时候，从黄鹤楼顺着长江而下，这一路都是繁花似锦。李白是那样一个浪漫、爱好游览的人，所以这次离别完全是在很浓郁的畅想和抒情的气氛里进行的。李白心里没有什么过度的忧伤和不快，相反地认为孟浩然这趟旅行快乐得很，他向往扬州地区，又向往孟浩然，所以一边送别，一边心也就跟着飞翔，胸中有无穷的诗意随着江水荡漾。在一片美景之中送别友人，真是别有一番滋味在心头，美景令人悦目，送别却令人伤怀，以景见情，含蓄深厚，有如弦外之音，达到使人神往遐想的艺术效果。

"故人西辞黄鹤楼"，这一句不光是为了点题，更可能是因为这是两位诗人经常流连聚会之所。因此一提到黄鹤楼，就带出种种此处富于诗意的生活内容。而黄鹤楼本身，又是传说仙人飞上天空去的地方，这和李白心目中这次孟浩然愉快地去广陵的情景，又构成一种联想，增加了那种愉快的、畅想曲的气氛。

"烟花三月下扬州"，在"三月"上加"烟花"二字，把送别环境中那种诗的气氛涂抹得尤为浓郁。烟花，指烟雾迷蒙，繁花似锦。给读者的感觉绝不是一片地、一朵花，而是看不尽、看不透的大片阳春烟景。三月是烟花之时，而开元时代繁华的长江下游，又正是烟花之地。"烟花三月"，不仅再现了那暮春时节、繁华之地的迷人景色，而且也透露了时代气氛。此句意境优美，文字绮丽，清人孙洙（蘅塘退士）誉为"千古丽句"。李白对扬州的渴望之情溢于言表。

“孤帆远影碧空尽，唯见长江天际流。”诗的后两句看起来似乎是写景，但在写景中包含着一个充满诗意的细节。“孤帆远影碧空尽”，李白一直把朋友送上船，船已经扬帆而去，而他还在江边目送远去的风帆。李白的目光望着帆影，一直看到帆影逐渐模糊，消失在碧空的尽头，可见目送时间之长。“唯见长江天际流”，帆影已经消逝了，然而李白还在翘首凝望，这才注意到一江春水，浩浩荡荡地流向远远的水天交接之处。

“唯见长江天际流”，是眼前景象，又不单纯是写景。李白对朋友的一片深情，李白的向往，正体现在这富有诗意的神驰目注之中。诗人的心潮起伏，正像滚滚东去的一江春水。总之，这一场极富诗意的、两位风流潇洒的诗人的离别，对李白来说，也是带着一片向往之情的离别，被诗人用绚烂的阳春三月的景色，用放舟长江的宽阔画面，用目送孤帆远影的细节，极为传神地表现出来。

趣读李白诗

1. 汉字密码

你来猜一猜，这是《黄鹤楼送孟浩然之广陵》中的哪个字？

这是诗中的“烟”字。你一定想不到吧！上面的是“宀”，表示房屋；右边是“火”字，表示烧火；左边是“垔”，表音。“烟”字就表示古人在屋里烧火产生的雾状气体。

诗中“烟花三月下扬州”是说三月时节，春花盛开的情景。“烟”字也是诗词中常见的，比如苏轼有“一蓑烟雨任平生”，崔颢有“烟波江上使人愁”，杜牧有“烟笼寒水月笼沙”等。你还知道哪些呢？

2. 词语对碰

读一读，对一对。请你为下面的词语对对子吧！

故人对（　　　　）　　烟花对（　　　　）　　黄鹤楼对（　　　　）

3. 我问你答

判断下列说法的对错(对的打"√",错的打"×")。

(1) 广陵指的是现在的江苏省南京市。 (   )

(2)《黄鹤楼送孟浩然之广陵》是唐朝大诗人李白写的,他被后人誉为"诗仙"。 (   )

(3) 诗人与友人送别的地点是广陵的黄鹤楼。 (   )

(4) "故人"是老朋友的意思,在这里指的是李白。 (   )

(5) 诗人送别友人的时间是阳春三月。 (   )

4. 古诗填字

请根据提示,把下面的诗句填写完整。

黄鹤楼送孟浩然之广陵

故人______黄鹤楼,

烟花三月________。

__________碧空尽,

唯见______天际流。

5. 飞花令

请你以"楼"字为令,补全诗句。

① 楼 ________________。

② 小 楼 一 夜 听 春 雨 。

③ ______ 楼 ________。

④ 系 马 高 楼 垂 柳 边 。

⑤ __________ 楼 ______。

⑥ 恨 君 不 似 江 楼 月 。

⑦ ________________ 楼 。

6. 诗情画意

请你根据“烟花三月下扬州”作一幅画吧!

赠孟浩然

吾爱孟夫子，风流天下闻。
红颜弃轩冕，白首卧松云。
醉月频中圣，迷花不事君。
高山安可仰，徒此揖清芬。

注释

孟夫子：指孟浩然。夫子，古时对男子的尊称。

风流：古人以风流赞美文人，主要是指有文采，善词章，风度潇洒，不钻营苟且等。

红颜：指少壮时期。

轩冕：古时大夫以上官员的车乘和冕服，后用以代指官位爵禄。

卧松云：这里指隐居。

中圣："中圣人"的简称，意谓饮清酒。曹魏时禁酒，人们窃饮时，称酒清者为"圣人"，酒浊者为"贤人"。徐邈醉酒，自称"中圣人"。中，动词，本应读去声，但此处需读平声才合律。

迷花：迷恋花草，此指陶醉于自然美景。

诵读点拨

在李白的"朋友圈"中，孟浩然可是非常重要的人物，因为孟浩然是李白的偶像。在这首《赠孟浩然》里，李白表达了对孟浩然的敬爱和仰慕之情。

"吾爱孟夫子，风流天下闻"，首联中，李白毫不掩饰自己对孟浩然的敬爱。"吾爱"两个字，多么简单，多么直接，这就是李白的风格。"爱"字是这首诗的诗眼。孟浩然比李白年长十多岁，又是李白敬仰的人，所以李白称他为"孟夫子"。在李白眼中，孟浩然是那么潇洒，那么不凡，那么有才华，所以，李白说孟浩然"风流天下闻"，孟浩然的才华闻名天下，实在让人仰慕。

"红颜弃轩冕，白首卧松云"，第二联中李白赞誉了孟浩然儒雅闲逸、高风亮节的一生。“红颜”是说孟浩然年轻的时候，“轩冕”是指古时候官员的车乘和冕服，在这里指的是官位爵禄。李白说，孟浩然年轻时非常淡泊名利，不看重高官厚禄，放弃了富贵与仕途，这就是“红颜弃轩冕”。“白首”说的是孟浩然晚年时期，“松”“云”都象征着隐居的生活，也代表着高洁的品性。李白说，孟浩然到了晚年时期，寄情于山水，与松云为伴，这简直就是高人隐士啊！一个“卧”字，刻画出孟浩然闲云野鹤般的形象，给人带来无限想象。可以看出，这样的生活也是李白所向往的。

“醉月频中圣，迷花不事君”，第三联具体描述孟浩然的隐居生活。“醉月”就是在月下酒醉。三国时期，人们把清酒称为“圣人”，把浊酒称为“贤人”，喝了清酒而醉，叫“中圣人”，“中圣”也是说孟浩然饮酒而醉。这很容易让人联想到李白也写过自己月下饮酒的诗句，在这一点上，他与孟浩然是相同的。除了饮酒，还要赏花，而且是“迷花”，这些都是风流人物所做之事。李白看来，喝酒、赏花才是重要的，当官侍奉君王，并不重要。这一联再一次细致刻画了孟浩然风流自赏的隐士形象。

“高山安可仰，徒此揖清芬”，尾联再一次抒发了对孟浩然的仰慕之情。“高山”句出自《诗经·小雅·车辖》“高山仰止，景行行止”。在李白眼中，孟浩然就像巍巍高山，对其高尚的品格只能揖敬。

这首诗在极度赞美孟浩然的背后，也隐隐表达出对孟浩然有才而不为所用的惋惜。喻守贞在《唐诗三百首详析》中说此诗“意在爱其风流才调，而惜其不为世用也。”结合孟浩然的生平，他是在求之不得的情况下才隐居的，而李白也有着相似的经历，肺腑之言，情真意切。

趣读李白诗

1. 汉字密码

你来猜一猜，这是《赠孟浩然》中的哪个字？

这是诗中的“卧”字。左边的是“臣”字，表示横着的眼睛；右边是“人”。这个字的字形就是躺下的样子。比如卧床、卧病、侧卧等。

本诗中“白首卧松云”是说孟浩然高龄白首之后，归隐山林，摒弃尘杂。活画出人物风神散朗、寄情山水的高致。

2. 词语对碰

读一读，对一对。请你为下面的词语对对子吧！

红颜对（　　　　　）　醉月对（　　　　　）　天下闻对（　　　　　　）

3. 我问你答

诗中“高山安可仰”出自下面哪一部典籍？（　　）

A.《诗经》　　B.《周易》　　C.《楚辞》

4. 古诗填字

请根据提示，把下面的诗句填写完整。

赠孟浩然

吾爱孟夫子，________天下闻。

________弃轩冕，________卧松云。

________频中圣，________不事君。

________安可仰，徒此揖清芬。

5. 飞花令

请你以“云”字为令，补全诗句。

① 云 ________________。

② 白 云 生 处 有 人 家 。

③ ________ 云 ________________。

④ 不 畏 浮 云 遮 望 眼 。

⑤ ________________ 云 ________。

⑥ 朝 辞 白 帝 彩 云 间 。

⑦ ________________________ 云 。

6. 读诗写文

请你以“我敬佩的一个人”为题，写一篇作文吧！

第七讲　客中对饮

山中与幽人对酌

两人对酌山花开，
一杯一杯复一杯。
我醉欲眠卿且去，
明朝有意抱琴来。

注释

幽人：幽隐之人，隐士。

卿：对人表示尊敬、亲热的称呼。

诵读点拨

《山中与幽人对酌》表现出随心所欲、不拘礼节的人生态度。诗中先是点明李白与朋友喝酒的地点与环境，接着以反复的手法渲染开怀畅饮的场面，然后运用陶渊明的典故，写自己喝醉请对方自便，最后婉订后约，相邀改日再饮。全诗在语言上词气飞扬，体现出歌行的风格。

“两人对酌山花开”，开篇就写对酌时的情景。“山中”，对李白来说，是“别有天地非人间”；盛开的“山花”更增添了环境的幽美，而且眼前不是“独酌无相亲”，而是“两人对酌”，对酌者又是意气相投的“幽人”。此情此景，事事称心如意，令人感受到一种欣喜之情。

“一杯一杯复一杯”，接着写开怀畅饮。接连重复三次“一杯”，词语的重复，不但极写饮酒之多，而且极写快意之至。人们仿佛看到那痛饮狂歌的情景，听到“将进酒，杯莫停”（《将进酒》）那样兴高采烈的劝酒的声音。

“我醉欲眠卿且去，明朝有意抱琴来”，由于贪杯，李白也许是酩酊大醉了，于是打发朋友先走。“我醉欲眠卿且去”，这话很直率，却活画出饮者酒酣耳热的情态，也表现出对酌的双方是至交。尽管颓然醉倒，诗人还余兴未尽，还不忘招呼朋友"明朝有意抱琴来"呢。这一句化用陶渊明的故事。《宋书·陶潜传》记载："(陶)潜不解音声，而畜素琴一张，无弦，每有酒适，辄抚弄以寄其意。贵贱造之者，有酒辄设。潜若先醉，便语客：'我醉欲眠，卿可去'，其真率如此。"意思是陶渊明不懂音乐，但是家里收藏了一把没有琴弦的古琴，每当喝酒的时候就抚摸古琴，对来访者无论贵贱，有酒就摆出共饮，如果陶渊明先醉，便对客人说："我醉欲眠，卿可去。"李白在此和隐士对饮，运用陶渊明的典故非常恰当，也非常符合当时的情景。

《山中与幽人对酌》表现了一种超凡脱俗的狂士与"幽人"间的感情，诗中那种随心所欲、恣情纵饮的神情，挥之即去、招则须来的声口，不拘礼节、自由随便的态度，在人们面前展现出一个高度个性化的艺术形象。

趣读李白诗

1. 汉字密码

你来猜一猜，这是《山中与幽人对酌》中的哪个字？

这是诗中的"朝"字。"朝"字甲骨文字形，像下弦月时，日出于草丛中，残月尚可见的清晨景象，表示月落将尽、红日初升的大清早。

2. 词语对碰

读一读，对一对。请你为下面的词语对对子吧！

两人对(　　　　　)　山花对(　　　　　)　抱琴来对(　　　　　)

3. 我问你答

诗中"我醉欲眠卿且去"的"卿"指的是谁？(　　)

A. 李白自己　　B. 山中幽人　　C. 朝廷大臣

4. 古诗填字

请根据提示，把下面的诗句填写完整。

山中与幽人对酌

两人________山花开，

一杯一杯____________。

我醉________卿且去，

________有意抱琴来。

5. 飞花令

请你以“琴”字为令，补全诗句。

① 琴 ________________。

② 胡 琴 琵 琶 与 羌 笛 。

③ ________ 琴 ________________。

④ 离 堂 思 琴 瑟 。

⑤ ________________ 琴 。

⑥ 日 高 犹 自 抱 琴 眠 。

⑦ ________________________ 琴 。

6. 诗情画意

请你根据“两人对酌山花开”作一幅画吧。

客中行

兰陵美酒郁金香，
玉椀盛来琥珀光。
但使主人能醉客，
不知何处是他乡。

注释

客中：指旅居他乡。

兰陵：今山东省临沂市苍山县兰陵镇。

玉椀：玉制的食具，亦泛指精美的碗。椀，同“碗”。

琥珀：这里形容美酒色泽如琥珀。

但使：只要。

诵读点拨

《客中行》是李白在唐玄宗开元（713—741）年间漫游东鲁之时所作的诗篇。这时社会呈现着财阜物美的繁荣景象，人们的精神状态比较昂扬振奋。而李白更是重友情，嗜美酒，爱游历的一位诗人，祖国山川风物，在他的心目中都无比美丽。他在东鲁任城（今山东济宁）尝与张叔明、孔巢父、韩准、裴政、陶沔会于徂徕山（在今山东省泰安县东南四十里）中。此时李白虽抱有经世济民之志，但对隐逸山林的生活也很羡慕。在这优美的自然环境中，他高歌纵酒，啸傲山林，怡情自然，怀才自负，毫无末路穷途之感。

“兰陵美酒郁金香”，首句直接就写兰陵的美酒，让人一见，就一扫客居他乡的忧伤情绪。古诗里的酒，有“浊酒”“淡酒”“残酒”等等，这些都是和忧伤情绪结合在一起的。而李白所写的是“美酒”，并且这句诗里的“美酒”直接写出了它的香味——郁金香。郁金是一种香草，用来浸酒，浸酒后呈金黄色。所以，香味之外，也容易勾起人们对酒的颜色的联想。

“玉椀盛来琥珀光”，第二句是写酒器和酒的颜色。这种酒盛在晶莹润泽的玉碗里，呈现出琥珀般的光艳。琥珀是一种树脂化石，呈黄色或赤褐色，色泽晶莹。李白把美酒的色泽和琥珀联系在一起，可见他面对美酒时的愉悦兴奋之情了。

在这里，我们顺便说一说饮酒论杯的故事。金庸的《笑傲江湖》中描述了一段关于酒与酒器的佳话。祖千秋品酒论杯的描述有很深的文化韵味，其中论汾酒时他说：“喝汾酒当用玉杯，唐人有诗云：‘玉碗盛来琥珀光。’可见玉碗玉杯，能增酒色。”李白此诗的前两句被金庸先生用于酒器的论述中，非常精彩。

“但使主人能醉客，不知何处是他乡”，最后两句出人意料。主人端出如此好酒，定能醉倒他乡之客。喝醉之后，哪能分清何处是他乡，何处是故乡呢？其实，李白并非没有意识到是在他乡，当然也并非丝毫不想念故乡。但是，这些都在兰陵美酒面前被冲淡了。一种流连忘返的情绪，甚至乐于在客中、乐于在朋友面前尽情欢醉的情绪完全支配了他。由身在客中，发展到乐而不觉其为他乡，正是这首诗不同于一般羁旅之作的地方。

《客中行》前两句笔调轻快，后两句直抒胸臆。全诗语意新奇，形象洒脱，一反游子羁旅乡愁的传统，抒写了身虽为客却乐而不觉身在他乡的乐观情感，充分表现了李白豪迈不羁的个性和李诗豪放飘逸的特色，并从一个侧面反映出盛唐时期的时代气氛。

趣读李白诗

1. 汉字密码

你来猜一猜，这是《客中行》中的哪个字？

这是诗中的“美”字。“美”字在甲骨文字形中，上边像装饰物，下边是个“大”，表示人。“美”字像一个头戴装饰物的人，华丽，悦目，好看，漂亮。

2. 词语对碰

读一读，对一对。请你为下面的词语对对子吧！

美酒对(　　　　)　　玉椀对(　　　　)　　琥珀光对(　　　　)

3. 我问你答

诗中“兰陵美酒郁金香”的“兰陵”位于现在的哪个省份？(　　)

A. 山东　　B. 四川　　C. 河南

4. 古诗填字

请根据提示，把下面的诗句填写完整。

客中行

兰陵______郁金香，

玉椀盛来______光。

但使______能醉客，

不知______是他乡。

5. 飞花令

请你以“客”字为令，补全诗句。

① 客__________。

② 有客远方来。

③ ______客______。

④ 平明送客楚山孤。

⑤ __________客______。

⑥ 夜半钟声到客船。

⑦ ______________客。

6. 读诗写文

请你根据《客中行》的诗意，编一个故事吧。

第八讲　别子思子

南陵别儿童入京

白酒新熟山中归，黄鸡啄黍秋正肥。
呼童烹鸡酌白酒，儿女嬉笑牵人衣。
高歌取醉欲自慰，起舞落日争光辉。
游说万乘苦不早，著鞭跨马涉远道。
会稽愚妇轻买臣，余亦辞家西入秦。
仰天大笑出门去，我辈岂是蓬蒿人。

注释

南陵：一说在东鲁，曲阜县南有陵城村，人称南陵；一说在今安徽省南陵县。

白酒：古代酒分清酒、白酒两种，见《礼记·内则》。《太平御览》卷八四四引三国魏鱼豢《魏略》："太祖时禁酒，而人窃饮之。故难言酒，以白酒为贤人，清酒为圣人。"

起舞落日争光辉：指人逢喜事光彩焕发，与落日之光相辉映。

万乘：君主。周朝制度，天子地方千里，车万乘。后来称皇帝为万乘。

西入秦：即从南陵动身西行到长安去。秦，指唐首都长安，春秋战国时为秦地。

蓬蒿人：草野之人，也就是没有当官的人。蓬、蒿，都是草本植物，这里借指草野民间。

诵读点拨

《南陵别儿童入京》是李白42岁时的诗作。我们都知道，李白素有远大的抱负，他立志要"申管晏之谈，谋帝王之术，奋其智能，愿为辅弼，使寰区大定，海县清一"(《代寿山答孟少府移文书》)，但在很长时间里都没有得到实现的机会。天宝元年(742)，李白得到唐玄宗召他入京的诏书。李白异常兴奋，以为实现政治理想的时机到了，立刻回到南陵家中，与儿女告别，并写下了这首激情洋溢的七言古诗。诗中毫不掩饰其喜悦之情，充分表达了李白豪迈自得的心境。

"白酒新熟山中归，黄鸡啄黍秋正肥。"这首诗一开始就写了白酒新熟、黄鸡啄黍的欢乐气氛。李白从山中归来，正好赶上白酒刚刚酿熟，又见黄鸡啄着谷粒在秋日里长得正肥，这真是一派喜人的景象。这也衬托出李白当时欣喜万分的心情。

“呼童烹鸡酌白酒，儿女嬉笑牵人衣。”有酒有鸡，自然少不了一番畅饮。你看，李白一进家门，就喊着童仆给他炖黄鸡、斟白酒，一个神采飞扬的李白仿佛映入我们的眼帘。李白的高兴情绪感染了他的儿女，孩子们嬉笑吵闹牵扯他的衣服。“儿女嬉笑牵人衣”，这是多么富有温情的一幕啊！不知道当时的李白和他的儿女会说些什么，不过，这要算李白诗中别具一格、最具家庭氛围的诗句了。

“高歌取醉欲自慰，起舞落日争光辉。”你一定想不到，李白当时有多么高兴，他喝着酒，唱着歌，喝到太阳西坠，他起身舞剑，与落日争光辉。

“游说万乘苦不早，著鞭跨马涉远道。”李白很仰慕战国时期那些以口辩舌战打动诸侯的有才之人，他也想以此打动君主，他恨不在更早的时候见到皇帝，表达自己的政治主张。他想马上快马加鞭，直奔远道，达到皇帝身边。“苦不早”和“著鞭跨马”表现出李白的满怀希望和急切之情。

“会稽愚妇轻买臣，余亦辞家西入秦。”这里引用了朱买臣的典故。朱买臣是会稽人，他早年家贫，以卖柴为生，常常担柴走路时还念书。朱买臣的妻子嫌他贫贱，离开了他。后来朱买臣得到汉武帝的赏识，做了会稽太守。诗中的“会稽愚妇”，就是指朱买臣的妻子。李白把那些目光短浅轻视自己的世俗小人比作“会稽愚妇”，而自比朱买臣，以为自己可以像朱买臣一样，西去长安就青云直上了。李白的得意之态已经溢于言表。但是，也有学者认为此诗是“把刘氏比作‘会稽愚妇’”，刘氏就是李白的第二位妻子。

“仰天大笑出门去，我辈岂是蓬蒿人。”这句诗是整首诗的高潮，也是千古流传的名句。“仰天大笑”，可见李白得意的神态；“岂是蓬蒿人”，可见李白自负的心理。这两句把李白踌躇满志的形象表现得淋漓尽致。

《南陵别儿童入京》因为描述了李白生活中的一件大事，对了解李白的生活经历和思想感情具有特殊的意义，而在艺术表现上也有其特色。这首诗善于在叙事中抒情。描写从归家到离家，有头有尾，既有正面的描写，而又间之以烘托。李白匠心独运，不是一条大道直通到底，而是由表及里，有曲折，有起伏，一层层把感情推向顶点。

趣读李白诗

1. 汉字密码

你来猜一猜，这是《南陵别儿童入京》中的哪个字？

这是诗中的“争”字。“争”字像两只手在争抢一件东西。“争”字的本义就是“争夺”“夺取”。

2. 词语对碰

读一读，对一对。请你为下面的词语对对子吧！

白酒对（　　　　）　　高歌对（　　　　）　　牵人衣对（　　　　）

3. 我问你答

诗中“游说万乘苦不早”的“万乘”指的是谁？（　　）

A. 皇帝　　　　B. 车辆　　　　C. 地名

4. 古诗填字

请根据提示，把下面的诗句填写完整。

南陵别儿童入京

白酒______山中归，黄鸡______秋正肥。

呼童______酌白酒，儿女______牵人衣。

______取醉欲自慰，______落日争光辉。

游说______苦不早，著鞭______涉远道。

______愚妇轻买臣，余亦______西入秦。

仰天______出门去，我辈岂是______人。

5. 飞花令

请你以“门”字为令，补全诗句。

① 门 ____________________。

② 千 门 万 户 曈 曈 日 。

③ ________ 门 ________________。

④ 渡 远 荆 门 外 。

⑤ ________________ 门 ________。

⑥ 春 风 不 度 玉 门 关 。

⑦ ________________________ 门 。

6. 诗情画意

请你根据“仰天大笑出门去”为李白画一幅表情图吧。

寄东鲁二稚子

吴地桑叶绿，吴蚕已三眠。
我家寄东鲁，谁种龟阴田？
春事已不及，江行复茫然。
南风吹归心，飞堕酒楼前。
楼东一株桃，枝叶拂青烟。
此树我所种，别来向三年。
桃今与楼齐，我行尚未旋。
娇女字平阳，折花倚桃边。
折花不见我，泪下如流泉。
小儿名伯禽，与姊亦齐肩。
双行桃树下，抚背复谁怜？
念此失次第，肝肠日忧煎。
裂素写远意，因之汶阳川。

注释

东鲁:即今山东一带,春秋时地属鲁国。

吴地:即今江苏一带,春秋时地属吴国。

龟阴田:龟山北边的田地。这里借此指李白在山东的田地。

春事:春日耕种之事。

拂青烟:拂动的青烟,形容枝繁叶茂状。

向:近。

旋:归,回。

失次第:失去了常态,指心绪不定,七上八下。

裂素:指准备书写工具之意。素,绢素,古代作书画的白绢。

之:到。

汶阳川：指汶水，因汶阳靠近汶水故称。

诵读点拨

《寄东鲁二稚子》是李白在游览金陵（今江苏南京）时因思念东鲁兖州（今山东济宁）家中的女儿平阳和儿子伯禽而创作的诗篇。这首诗就像一封家书，表达他对儿女的思念。这首诗创作的时间当在唐玄宗天宝七载(748)至九载(750)之间，有人根据诗中“别来向三年”句断为天宝八载(749)所作。天宝三载(744)，李白受朝中权贵排挤，怀着抑郁不平之气离开了长安，开始了生平第二次漫游时期，历时11年。这一时期，他以梁园（今河南开封）、东鲁为中心，广泛地游览了大江南北。当时他的家人寄居在山东，李白非常想念他们，就在他寓居金陵时写下了这首亲切感人的诗篇。

这是一首情深意切的寄怀诗，诗人以生动真切的笔触，抒发了思念儿女的骨肉深情。诗以景发端，在读者面前展示了“吴地桑叶绿，吴蚕已三眠”的江南春色，把自己所在的“吴地”桑叶一片碧绿，春蚕快要结茧的情景，描绘得清新如画。接着，即景生情，想到东鲁春天的农事，感到自己浪迹江湖，茫无定止，那家中的田园不知由谁来耕种。思念及此，不禁心急如焚，焦虑万分。春耕的事已来不及料理，今后的归期尚茫然无定。诗人对离别了将近三年的远在山东的家庭、田地、酒楼、桃树、儿女等一切，无不一往情深，尤其是对自己的儿女更倾注了最深挚的感情。“双行桃树下，抚背复谁怜？”他想象到了自己一双小儿女在桃树下玩耍的情景，他们失去了母亲（李白的第一个妻子许氏此时已经去世），此时不知有谁来抚摩其背，爱怜他们。想到这里，又不由得心烦意乱，肝肠忧煎。无奈之下，只能取出一块洁白的绢素，写上自己无尽的怀念，寄给远在汶水（今山东泰安西南一带）的家人。诗篇洋溢着一个慈父对儿女所特有的抚爱、思念之情。

“南风吹归心，飞堕酒楼前”，诗人的心一下子飞到了千里之外的虚幻境界之中，想象出一连串生动的景象，犹如运用电影镜头，在读者眼前依次展现出一组优美、生动的画面：山东的酒楼；酒楼东边一棵枝叶葱茏的桃树；女儿平阳在桃树下折花；折花时忽然想念起父亲，泪如泉涌；小儿子伯禽和姐姐一起在桃树下玩耍。

诗人把所要表现的事物的形象和神态都想象得细致入微，栩栩如生。“折花倚桃边”，小女娇娆娴雅的神态惟妙惟肖；“泪下如流泉”，女儿思父伤感的情状活现眼前；“与姊亦齐肩”，竟连小儿子的身长也未忽略；“双行桃树下，抚背复谁怜？”一片思念之情，自然流泻。其中最妙的是“折花不见我”一句，诗人不仅想象到儿女的体态、容貌、动作、神情，甚至连女儿的心理活动都一一想到，一一摹写，可见想象之细密、思念之深切。

紧接着，诗人又从幻境回到了现实。于是，在艺术画面上读者又重新看到诗人自己的形象，看到他“肝肠日忧煎”的模样和“裂素写远意”的动作。诚挚而急切的怀乡土之心、思儿女之情跃然纸上，凄楚动人。

全诗由见吴地农事而思家中当是春耕时节，继而对家中的桃树展开描写，随即由树及人，抒发对儿女的一片想念之情。结尾点明题意，寄托思念之意。全篇如同一封家书，言辞亲切，充满关爱之情。

诗人情景并茂的奇丽想象，是这首诗神韵飞动、感人至深的重要原因。过去有人说：“想象必须是热的”（艾迪生《旁观者》），意思大概是说，艺术想象必须含有炽热的感情。诗中想象儿女的体态、动作、神情、心理活动，都犹在眼前。而这一连串生动逼真、情韵盎然的想象，使诗歌充溢着炽热的感情。如果说，“真正的创造就是艺术想象的活动”（黑格尔语），那么，李白这首充满奇妙想象的作品，是无愧于真正的艺术创造的。

趣读李白诗

1. 汉字密码

你来猜一猜，这是《寄东鲁二稚子京》中的哪个字？

这是诗中的“折”字。“折”字最初和手关系不大，反而和树木关系很大。甲骨文字形中，表示用斧子（“斤”）将一棵树（“木”）砍成两段。后来断“木”之形变成了上下两个“中”，又由两“中”改成形近的“手”。从此“折”字从手从斤。诗中的“折”是弄断的意思。

古诗中的“折”字也比较常见，岑参有“北风卷地白草折，胡天八月即飞雪”；李白有“此夜曲中闻折柳，何人不起故园情”；杜牧有“折戟沉沙铁未销，自将磨洗认前朝”，你还知道哪些呢？

2. 词语对碰

读一读，对一对。请你为下面的词语对对子吧！

青烟对（　　　　）　折花对（　　　　）　酒楼前对（　　　　）

3. 我问你答

李白善于借自然之物歌唱浓厚缠绵的思念之情，例如“南风吹归心，飞堕酒楼前”两句。下面与之相符的一项是（　　）。

A. 桃花潭水深千尺，不及汪伦送我情

B. 我寄愁心与明月，随君直到夜郎西

C. 雁引愁心去，山衔好月来

4. 古诗填字

请根据提示，把下面的诗句填写完整。

寄东鲁二稚子

吴地________绿，吴蚕已三眠。

我家寄东鲁，谁种龟阴田？

春事已不及，江行复茫然。

南风吹归心，飞堕________前。

楼东一株桃，枝叶拂青烟。

此树____所种，别来向三年。

桃今与楼齐，我行尚未旋。

娇女字平阳，________倚桃边。

折花不见我，泪下如________。

小儿名伯禽，与姊亦齐肩。

双行________下，抚背复谁怜？

念此失次第，肝肠日忧煎。

裂素写远意，因之汶阳川。

5. 飞花令

请你以“桃”字为令，补全诗句。

① 桃 ____________________。

② 种 桃 道 士 归 何 处 。

③ ______ 桃 ____________。

④ 总 把 新 桃 换 旧 符 。

⑤ ____________ 桃 ______。

⑥ 灯 前 小 草 写 桃 符 。

⑦ __________________ 桃 。

6. 读诗写文

你爸爸给你写过家书吗？请你给你爸爸写一封家书吧！

____

____

____

____

____

____

____

____

____

____

____

____

____

第九讲　翰林供奉

清平调词三首

其一

云想衣裳花想容，春风拂槛露华浓。
若非群玉山头见，会向瑶台月下逢。

其二

一枝红艳露凝香，云雨巫山枉断肠。
借问汉宫谁得似，可怜飞燕倚新妆。

其三

名花倾国两相欢，长得君王带笑看。
解释春风无限恨，沉香亭北倚阑干。

注释

清平调：乐府调名。

槛：栏杆。

群玉：山名，传说中西王母所住之地。

飞燕：赵飞燕。

名花：指牡丹花。

倾国：喻美色惊人，此指杨贵妃。典出汉《李延年歌》："一顾倾人城，再顾倾人国。"

春风：指君主。

沉香：亭名，沉香木所筑。

诵读点拨

天宝初年，李白来到长安，有人把他推荐给唐玄宗，玄宗封他为翰林供奉，要他在宫在写诗作文。

有一天宫中牡丹盛开，唐玄宗带了杨贵妃，在沉香亭饮酒赏花。唐玄宗忽然想起了李白，想叫他写几首歌词助兴，就派人把他召来。李白提起笔来，一气呵成写了《清平调词三首》颂扬杨贵妃和牡丹花，诗句优美清新，唐玄宗和杨贵妃高兴极了。据说，杨贵妃极喜此三诗，时常吟哦。

第一首，“云想衣裳花想容”，把杨贵妃的衣服，写得真如霓裳羽衣一般，簇拥着她那丰满的玉容。“想”字有正反两面的理解，可以说是见云而想到衣裳，见花而想到容貌，也可以说把衣裳想象为云，把容貌想象为花，这样交互参差，七字之中就给人以花团锦簇之感。接下去“春风拂槛露华浓”，进一步以“露华浓”来点染花容，美丽的牡丹花在晶莹的露水中显得更加艳冶，使花容人面倍见精神。下面，李白的想象忽又升腾到西王母所居的群玉山、神仙所住的瑶台。他说，这样超绝人寰的花容，恐怕只有在仙境才能见到。李白不露痕迹，把杨贵妃比作天女下凡，真是精妙至极。

第二首，起句“一枝红艳露凝香”，不但写色，而且写香；不但写天然的美，而且写含露的美，比上首的“露华浓”更进一层。“云雨巫山枉断肠”用楚王的故事，把上句的花加以拟人化，指出楚王为神女而断肠，其实梦中的神女，根本及不到当前的花容人面。再算下来，汉成帝的皇后赵飞燕，可算得绝代美人了，可是赵飞燕还得倚仗艳服华妆，哪里及得上眼前花容月貌般的杨贵妃，不须脂粉，便是天然绝色。这一首以压低神女和飞燕，来抬高杨妃，借古喻今，亦是尊题之法。

第三首，从仙境古人返回到现实。起首二句“名花倾国两相欢，长得君王带笑看”，“倾国”美人，当然指杨贵妃，诗到此处才正面点出，并用“两相欢”把名花牡丹和倾国美人合为一提，“带笑看”三字再来一统，使牡丹、杨妃、玄宗三位一体，融合在一起了。由于第二句的“笑”，逗起了第三句的“解释春风无限恨”，“春风”两字即君王之代词，这一句，把牡丹美人动人的姿色写得情趣盎然，君王既带笑，当然无恨，烦恼都为之消释了。末句点明玄宗杨妃赏花地点——“沉香亭北”。花在栏外，人倚栏杆，十分优雅风流。

这三首诗，语语浓艳，字字流葩，而最突出的是将花与人浑融在一起写，如“云想衣裳花想容”，又似在写花光，又似在写人面。“一枝红艳露凝香”，也都是人、物交融，言在此而意在彼。读这三首诗，如觉春风满纸，花光满眼，人面迷离，不待什么刻画，而自然使人觉得这是牡丹，这是美人玉色。无怪这三首诗当时就深为唐玄宗所赞赏。

趣读李白诗

1. 汉字密码

你来猜一猜，这是《清平调词三首》中的哪个字？

这是诗中的“群”字。“群玉”是传说中西王母所住的山名。《穆天子传》中载“天子北征，东还，乃循黑水，癸巳，至于群玉之山……先王所谓策府。”这里的“群玉”为传说中古帝王藏书册处，后来用以称帝王珍藏图籍书画之所。

古诗中“群”字也比较常见，杜甫有“南村群童欺我老无力，忍能对面为盗贼”，这里指一群孩童；陆游有“无意苦争春，一任群芳妒”，这里指众多花儿；李涉有“牛群食草莫相触，官家截尔头上角”，这里指一群牛。你知道杜甫的“白也诗无敌，飘然思不群”的“群”指什么吗？

2. 词语对碰

读一读，对一对。请你为下面的词语对对子吧！

春风对（　　　　）　　新妆对（　　　　）　　沉香亭对（　　　　　）

3. 我问你答

下面选项中，和《清平调词》无关的是（　　）。

A. 西王母　　B. 赵飞燕　　C. 牡丹花　　D. 汉武帝

4. 古诗填字

请根据提示，把下面的诗句填写完整。

清平调词三首

其一

云想________花想容，________拂槛露华浓。

若非________山头见，会向________月下逢。

其二

一枝红艳露凝香，云雨_______枉断肠。

借问_______谁得似，可怜_______倚新妆。

其三

名花倾国两相欢，长得_______带笑看。

解释_______无限恨，沉香亭北倚阑干。

5. 飞花令

请你以“春”字为令，补全诗句。

① 春 ______________________。

② 青 春 作 伴 好 还 乡 。

③ _______ 春 _______________。

④ 草 树 知 春 不 久 归 。

⑤ _______________ 春 _______。

⑥ 我 言 秋 日 胜 春 朝 。

⑦ ______________________ 春 。

6. 读诗写文

请你观察一下牡丹花，查阅有关资料，写一段介绍牡丹的文字吧！

____

____

____

____

____

____

第十讲　长安送友

送贺宾客归越

镜湖流水漾清波，
狂客归舟逸兴多。
山阴道士如相见，
应写黄庭换白鹅。

注释

贺宾客：即贺知章，他曾任太子宾客、秘书监等职，故称“贺宾客”“贺监”。

镜湖：在今浙江省绍兴市会稽山麓。

狂客：指贺知章，其号为“四明狂客”。

诵读点拨

《送贺宾客归越》是李白赠送给贺知章的一首七绝，当作于唐玄宗天宝三载(744)。我们知道，贺知章比李白年长42岁，但对李白的诗才却十分佩服。李白刚到京城长安时，贺知章请李白去酒馆喝酒，没有想到忘记带钱了。贺知章就把身上佩戴的表示官阶的金龟袋作抵押，两人尽情畅饮。李白把《蜀道难》给他看，他连声称赞，称呼李白为“谪仙人”。不久，当他读到李白的《乌栖曲》时，赞叹“此诗可以泣鬼神矣！”两人可以说是忘年交。天宝三载(744)正月，贺知章以道士的身份辞京回乡，唐玄宗诏令在长乐坡饯别贺知章。李白当时正在长安待诏翰林，就赠给贺知章这首诗。

“镜湖流水漾清波”，第一句抓住了镜湖来写。镜湖是越中的名胜，更是贺知章故乡的名胜，更有趣的是，贺知章此次归越，皇帝“有诏赐镜湖剡川一曲”，也就是说，皇帝把镜湖赐给了贺知章。贺知章到家之后，写了《回乡偶书二首》，其中就有“惟有门前镜湖水，春风不改旧时波”之句。

“狂客归舟逸兴多”，第二句写出了贺知章的性格，贺知章晚年自号“四明狂客”，“狂客”二字一用，不仅没有了官气，还表现出贺知章的性格和精神风貌。

“逸兴”是超逸豪放的意思。李白想象贺知章这次回乡，一定会对镜湖发生浓厚的兴趣，在那儿终日泛舟遨游的。

“山阴道士如相见，应写黄庭换白鹅。”最后两句化用了王羲之的典故，赞美贺知章的书法。王羲之很喜欢白鹅，山阴地方有个道士知道后，就请他书写道教经典之一的《黄庭经》，并愿意以自己所养的一群白鹅来作为报酬。因为王羲之记载的兰亭盛会就发生在贺知章的故乡山阴，而贺知章本人也是著名的书法家，善草隶，深得时人珍爱，所以李白说，此次贺知章回乡，恐怕也会有道士上门求书。这里表面上是叙述王羲之的故事，实际上是借此故事来写贺知章，盛赞贺知章书法的高超绝妙。贺知章归乡前已入道，而又定居山阴，故以“山阴道士”作陪衬，意义深刻而贴切，毫无雕琢痕迹，而且饶有情趣。

在这首诗中，李白一下就抓住了两样东西：一个是绍兴的镜湖，另一个便是王羲之当年写字换鹅的故事。但它们却都恰能表现出友人故乡即山阴的地方特色，同时也都能显示出贺知章这个人的性格特点和才华所在。

趣读李白诗

1. 汉字密码

你来猜一猜，这是《送贺宾客归越》中的哪个字？

这是诗中的“波”字。“皮”是“波”的声旁，二字古音相近。波就是在外力的作用下水面的纹理。

2. 词语对碰

读一读，对一对。请你为下面的词语对对子吧！

流水对（　　　　）　　归舟对（　　　　）　　换白鹅对（　　　　）

3. 我问你答

诗中“山阴道士如相见，应写黄庭换白鹅”运用了谁的典故？（　　）

A. 王羲之　　　　B. 王献之　　　　C. 王导

4. 古诗填字

请根据提示，把下面的诗句填写完整。

送贺宾客归越

________流水漾清波，

狂客________逸兴多。

________道士如相见，

应写黄庭____________。

5. 飞花令

请你以“舟”字为令，补全诗句。

① 舟 ________________。

② 孤 舟 蓑 笠 翁 。

③ ________ 舟 ________。

④ 忽 复 乘 舟 梦 日 边 。

⑤ ________________ 舟 ________。

⑥ 谁 家 今 夜 扁 舟 子 。

⑦ ________________________ 舟 。

6. 诗情画意

请你根据“镜湖流水漾清波”作一幅画吧。

灞陵行送别

送君灞陵亭，灞水流浩浩。
上有无花之古树，下有伤心之春草。
我向秦人问路岐，云是王粲南登之古道。
古道连绵走西京，紫阙落日浮云生。
正当今夕断肠处，骊歌愁绝不忍听。

注释

灞陵：也作“霸陵”，位于西安东郊白鹿原。汉文帝陵寝之地，因有灞水，遂称灞陵。

灞陵亭：古亭名，据考在长安东南三十里处。

浩浩：形容水势广大的样子。

王粲：东汉末年著名文学家，建安（汉献帝年号，196—220）时代著名诗人，“建安七子”之一，由于其文才出众，被称为“七子之冠冕”。他曾为避难南下荆州，途中作《七哀诗》，表现战乱之祸害，诗中有“南登灞陵岸，回首望长安”句。

西京：即唐朝都城长安。

紫阙：紫色的宫殿，此指帝王宫殿。一作“紫关”。

骊歌：指《骊驹》，《诗经》逸篇名，古代告别时所赋的歌词。后因以此为典，指告别。

诵读点拨

《灞陵行送别》当作于唐玄宗天宝二年（743）或天宝三载（744）春。此时李白入长安已有一段时日。从诗意看，诗人所送的行者是一位遭受排挤、仕途失意之人，在诗人的寄寓中，有着政治的因素。

“送君灞陵亭，灞水流浩浩。”在长安东南三十里处，原来有一条灞水，汉文帝就葬在这里，所以称为“灞陵”。唐代的人们出长安东门送别亲友时，常常在这里分手。因此，“灞上”“灞陵”“灞水”等，在唐诗里经常是和离别联系在一起的。这些词本身就带有离别的色彩。这联诗中“灞陵”“灞水”重复出现，烘托出浓郁的离别气氛。写灞水水势"流浩浩"是实写，其实诗人那种惜别的感情，也正如浩浩的灞水。

"上有无花之古树，下有伤心之春草。"这两句不仅展现了灞陵道边的古树春草，而且在写景中透露了朋友临别时不忍分手，上下顾盼、瞩目四周的情态。春草萋萋，会增加离别的惆怅意绪，令诗人伤心不已；而古树枯而无花，对于春天似乎没有反映，那种历经沧桑、归于默然的样子，比多情的芳草能引起更深沉的人生感慨。这样，前面四句，由于点到灞陵、古树，在伤离、送别的环境描写中，已经潜伏着怀古的情绪了。

"我向秦人问路岐，云是王粲南登之古道。"汉献帝初平三年(192)，董卓的部将李傕、郭汜等在长安作乱，王粲避难荆州，作了著名的《七哀诗》，其中有"南登灞陵岸，回首望长安"的诗句。这里说朋友南行之途，是当年王粲避乱时走过的古道，不仅暗示了朋友此行的不得意，而且檃括了王粲《七哀诗》中"回首望长安"的诗意。友人在离开灞陵、长别帝都时，也会像王粲那样，依依不舍地翘首回望。

"古道连绵走西京，紫阙落日浮云生。"这是回望所见。漫长的古道，好像自身就飞动着直奔西京，世世代代负载过很多前往长安的人。然而西京的巍巍宫殿上，太阳快要西沉，浮云升起，景象黯淡。在古诗中，落日和浮云联系在一起时，往往有指喻"谗邪害公正"的寓意。这里便是用落日浮云来象征朝廷中邪佞蔽主，谗毁忠良，透露朋友离京有着令人不愉快的政治原因。从诗中来看，行者和送行者除了一般的离情别绪之外，还有着对于政局的忧虑。

"正当今夕断肠处，骊歌愁绝不忍听。"骊歌，指逸诗《骊驹》，是一首离别时唱的歌，因此骊歌也就泛指离歌。骊歌之所以愁绝，正因为诗人所感受的，并非单纯的离别，而是由此触发的更深广的愁思。诗是送别诗，真正明点离别的只有收尾两句，但却始终围绕着送别，诗人抒发的感情也绵长而深厚。

这首诗围绕离别，还展开了广阔的空间和时间：古老的西京，绵绵的古道，紫阙落日的浮云，怀忧去国、曾在灞陵道上留下足迹的前代诗人王粲等等。由于思绪绵绵，向着历史和现实多方面扩展，因而给读者以世事浩茫的感受。

趣读李白诗

1. 汉字密码

你来猜一猜，这是《灞陵行送别》中的哪个字？

这是诗中的“亭”字。图中这个字出自战国陈纯釜。“送君灞陵亭”的“亭”意为是古代设在道旁供旅客停留休息的简易建筑。

2. 词语对碰

读一读，对一对。请你为下面的词语对对子吧！

古树对（　　　　）　落日对（　　　　）　灞陵亭对（　　　　）

3. 我问你答

诗中的“王粲”是哪一个朝代的人？（　　）

A. 东汉　　B. 西汉　　C. 唐朝

4. 古诗填字

请根据提示，把下面的诗句填写完整。

灞陵行送别

送君__________，灞水流浩浩。

上有无花之_______，下有伤心之_______。

我向_______问路岐，云是_______南登之古道。

古道连绵走_______，紫阙落日_______生。

正当今夕_______处，_______愁绝不忍听。

5. 飞花令

请你以“草”字为令，补全诗句。

① 草 ____________________。

② 浅 草 才 能 没 马 蹄 。

③ _______ 草 _____________。

④ 独 怜 幽 草 涧 边 生 。

⑤ _____________ 草 _______。

⑥ 北 风 卷 地 白 草 折 。

⑦ ____________________ 草 。

6. 读诗写文

你有过送别经历吗？是送谁？在哪里？你们怎么送别的？请你写一写吧！

____

____

____

____

____

____

____

____

____

____

____

____

____

第十一讲　长安失意

月下独酌(其一)

花间一壶酒，独酌无相亲。
举杯邀明月，对影成三人。
月既不解饮，影徒随我身。
暂伴月将影，行乐须及春。
我歌月徘徊，我舞影零乱。
醒时同交欢，醉后各分散。
永结无情游，相期邈云汉。

注释

无相亲:没有亲近的人。

不解饮:不会喝酒。

将:和。

交欢:一起欢乐。

无情游:指忘却世情的交游。

期:约会。

邈:远。

云汉:银河,泛指天空。

诵读点拨

《月下独酌》(其一)约作于唐玄宗天宝三载(744),当时李白在长安,正处于官场失意之时。李白政治理想不能实现,心情是孤寂苦闷的。

李白真的很浪漫,就连孤独里都透着浪漫。你看,他提一壶美酒,不在室内,不在庭前,而是在花丛之间,一句“花间一壶酒”就足以让人想象的了!他自斟自酌,因为此时此刻,他没有亲朋好友相伴。你一定觉得奇怪,李白的朋友不是很多吗?其实,这里所要说的,是没有懂他心事的人。没有人懂,所以孤独。

李白孤独到只能对着月亮，举起酒杯，邀请月亮和他一起喝酒，他把月亮当成了一个人。月亮照着李白，李白的影子出现了，李白索性把影子当成一个人。这样，就变成了李白、月亮、影子三个人一起喝酒了。“举杯邀明月，对影成三人。”李白突发奇想，把天边的明月，和月光下自己的影子，拉了过来，连自己在内，化成了三个人，举杯共酌，原本冷清清的场面，顿时热闹起来了。

然而真的热闹吗？并不是。月亮不能陪李白喝酒，月亮只能高高地挂在天上；影子也不能陪李白喝酒，影子只能白白地跟随着李白。李白的内心，依旧是孤独的。月不解饮，影徒随身，仍归孤独。

而李白也只有把月亮和影子当成他的酒伴，在美好的春天里及时行乐。他对着月亮唱歌，明月也跟着他移动；他举着酒杯起舞，影子也变得零乱。醒的时候，他们一起欢乐；醉了以后，就会各自分散。而李白还执意与月光和身影永结无情之游，并相约在邈远的天上银河重见。

在这首诗中，李白运用了丰富的想象，表现出一种由孤独到不孤独，由不孤独到孤独，再由孤独到不孤独的复杂情感。全诗诗情波澜起伏而又纯乎天籁，因此一直为后人传诵。

趣读李白诗

1. 汉字密码

你来猜一猜，这是《月下独酌》(其一)中的哪个字？

这是诗中的“壶”字。“壶”字的本义是鼓腹有盖有耳的盛酒容器。

古诗里的“玉壶”含义比较丰富，李白的《待酒不至》诗：“玉壶系青丝，沽酒来何迟”的“玉壶”是指酒壶；李商隐的《深宫》诗：“金殿销香闭绮栊，玉壶传点咽铜龙”的“玉壶”是铜壶滴漏的美称；辛弃疾的《青玉案·元夕》词：“凤箫声动，玉壶光转，一夜鱼龙舞”的“玉壶”是比喻明月；王昌龄的《芙蓉楼送辛渐》诗：“洛阳亲友如相问，一片冰心在玉壶”的“玉壶”比喻人的纯洁清白的情操。

2. 词语对碰

读一读，对一对。请你为下面的词语对对子吧！

花间对（　　　　）　举杯对（　　　　）　月徘徊对（　　　　）

3. 我问你答

下面哪一句是正确的？（　　）

A. 举壶邀明月，对影成三人。

B. 举杯问明月，对影成三人。

C. 举杯邀明月，对影成三人。

4. 古诗填字

请根据提示，把下面的诗句填写完整。

月下独酌(其一)

________一壶酒，________无相亲。

举杯____明月，对____成三人。

月既不________，____徒____我身。

________月将影，________须及春。

我歌月________，我舞影________。

________同交欢，________各分散。

永____无情游，相期____云汉。

5. 飞花令

请你以“影”字为令，补全诗句。

① 影 ________________________。

② 疏 影 横 斜 水 清 浅 。

③ ________ 影 ________________。

④ 孤 帆 远 影 碧 空 尽 。

⑤ ________________ 影 ________。

⑥ 云 母 屏 风 烛 影 深 。

⑦ ________________________ 影 。

6. 诗情画意

请你根据“举杯邀明月，对影成三人”画一幅画吧！

把酒问月·故人贾淳令予问之

青天有月来几时？我今停杯一问之。
人攀明月不可得，月行却与人相随。
皎如飞镜临丹阙，绿烟灭尽清辉发。
但见宵从海上来，宁知晓向云间没？
白兔捣药秋复春，嫦娥孤栖与谁邻？
今人不见古时月，今月曾经照古人。
古人今人若流水，共看明月皆如此。
唯愿当歌对酒时，月光长照金樽里。

注释

丹阙：朱红色的宫殿。

绿烟：指遮蔽月光的浓重的云雾。

灭尽：消除。一作“灭后”。

清辉：形容月光皎洁清朗。

没：隐没。

白兔捣药：神话传说月中有白兔捣仙药。西晋傅玄《拟天问》：“月中何有，白兔捣药。”

嫦娥：神话中的月中女神。传说她原是后羿的妻子，偷吃了羿的仙药，成为仙人，奔入月中。见《淮南子·览冥训》。一作“姮娥”。

与谁邻：一作“谁与邻”。

当歌对酒时：在唱歌饮酒的时候。曹操《短歌行》：“对酒当歌，人生几何？”

金樽：指精美的酒具。

诵读点拨

《把酒问月》是李白创作的一首咏月抒怀诗。此诗写诗人端着酒杯向月亮发问，从饮酒问月开始，以邀月临酒结束，反映了人类对宇宙的困惑不解。

“青天有月来几时？我今停杯一问之。”诗的开篇，李白就直截了当地问月：青天上的明月，你是什么时候出现的？接着，才写李白手持酒杯、抬头望天的傲然姿态。这“停杯一问”让我们感受到李白带着几分醉意，也带着极强的气势。悠悠千年，明月对于人间来说，就像一个神秘的谜，引发着无数人的想象。

“人攀明月不可得，月行却与人相随。”既然明月可以被问，那明月在李白的眼里，便是如同人一样，有着人有的欢乐，有着人有的悲伤。明月在青天，可望而不可及，这是明月的疏远与冷漠。行走在大地，月亮却时刻都与人相随，这却是明月的亲近与多情。李白把明月想象得亦远亦近，若离若即，看似无情，却也有意，写出了明月之于人既可亲又神秘的奇妙感。人格化的明月惟妙惟肖，回文式的句法一唱三叹。

“皎如飞镜临丹阙，绿烟灭尽清辉发。”李白的眼睛继续凝望着明月，他眼中的月色如此皎洁，如此动人。那皎洁的明月宛如明镜飞升，垂在朱红色的宫殿上。李白想象着云翳散尽，明月清光焕发的动人模样。“飞镜”“丹阙”“绿烟”“清辉”，色彩艳而不浓，丽而不炫，月色的美，在李白的笔下十分动人。

李白的想象并没有终止，在美好的月光下，他的疑问随着想象喷薄而出：“但见宵从海上来，宁知晓向云间没？白兔捣药秋复春，嫦娥孤栖与谁邻？”只见月亮晚间从海上升起，哪知早晨在云间消失，究竟去了何处？月中白兔年复一年不辞辛劳地捣药，那是为什么？嫦娥仙子碧海青天孤寂独栖，有谁与她为邻？这样三个奇问，似乎谁也无法回答，而李白也不要求回答。但是，从这么急切的问里，我们一定能感受到李白对明月的关心，他把明月当成了知己，恰恰流露出自己的孤独。

这种孤独贯穿古今，古往今来的人们，都不曾理解自己。

“今人不见古时月，今月曾经照古人。古人今人若流水，共看明月皆如此。”李白对明月的遐想又引起一番对人生哲理的探求。现在的人见不到古时的明月，现在的明月却照过古时候的人。古人与今人都如同流水般消逝，而他们所见过的明月却没有丝毫的改变。这是一种明月长久而人生短暂的喟叹，人生如此之短，却无人能懂自己，李白的孤独是多么苍凉。

既然人生如此短暂，既然自己如此孤独，那就还是把希望寄托给明月吧！

“唯愿当歌对酒时，月光长照金樽里。”李白只希望自己对着酒杯放歌之时，月光能长久地照在酒具中。曹操在《短歌行》中说：“对酒当歌，人生几何？”这是曹操的感喟。李白却不仅仅希望对酒当歌，更希望月光长照。李白海阔天空地驰骋一番之后，又回到了手中的酒杯上。他的目光，该是静静地望着杯中的酒和酒里明月的光辉与倒影吧！

把酒问月，明月没有回答，只把清辉照在酒杯。李白，却依旧孤独，孤独如月，孤独如酒。

趣读李白诗

1. 汉字密码

你来猜一猜，这是《把酒问月·故人贾淳令予问之》中的哪个字？

这是诗中的“对”字。“对”字像用手拿着凿子培土的样子，本义有可能是勘定封界，《诗》云：“帝作邦作对。”诗中的“对”是“面朝着，向着”的意思。相同的诗句还有“当窗理云鬓，对镜贴花黄”“南村群童欺我老无力，忍能对面为盗贼”。

2. 词语对碰

读一读，对一对。请你为下面的词语对对子吧！

青天对（　　　　） 海上对（　　　　） 金樽里对（　　　　）

3. 我问你答

下面哪一句诗中的“镜”和其他两句的意思不同？（　　）

A. 皎如飞镜临丹阙，绿烟灭尽清辉发。

B. 当窗理云鬓，对镜贴花黄。

C. 月下飞天镜，云生结海楼。

4. 古诗填字

请根据提示，把下面的诗句填写完整。

把酒问月·故人贾淳令予问之

________有月来几时？我今________一问之。

人攀________不可得，月行却与____相随。

皎如______临丹阙，绿烟灭尽清辉发。

但见宵从海上来，宁知晓向______没？

______捣药秋复春，______孤栖与谁邻？

今人不见______月，今月曾经照______。

古人______若流水，共看明月皆如此。

唯愿当歌______时，______长照金樽里。

5. 飞花令

请你以“人”字为令，补全诗句。

① 人 __________________。

② 今 人 不 见 古 时 月 。

③ ______ 人 ____________。

④ 古 人 今 人 若 流 水 。

⑤ ____________ 人 ______。

⑥ 峨 嵋 山 下 少 人 行 。

⑦ __________________ 人 。

6. 读诗写文

如果你来问月，你会问些什么呢？请你写一写吧！

第十二讲　赐金放还

行路难(其一)

金樽清酒斗十千，玉盘珍羞直万钱。
停杯投箸不能食，拔剑四顾心茫然。
欲渡黄河冰塞川，将登太行雪满山。
闲来垂钓碧溪上，忽复乘舟梦日边。
行路难！行路难！多歧路，今安在？
长风破浪会有时，直挂云帆济沧海。

注释

樽:古代盛酒的器具。

斗十千:一斗值十千钱(即万钱),形容酒美价高。

珍羞:珍贵的菜肴。羞,同“馐”,美味的食物。

直:通“值”,价值。

箸:筷子。

“闲来”二句:表示诗人自己对从政仍有所期待。这两句暗用典故:姜太公吕尚曾在渭水的磻溪上钓鱼,得遇周文王,助周灭商;伊尹曾梦见自己乘船从日月旁边经过,后被商汤聘请,助商灭夏。碧,一作“坐”。

“多歧路”二句:岔道这么多,如今身在何处?歧,一作“歧”。安,哪里。

长风破浪:比喻实现政治理想。据《宋书·宗悫传》载:宗悫少年时,叔父宗炳问他的志向,他说:“愿乘长风破万里浪。”

云帆:高高的船帆。船在海里航行,因天水相连,船帆好像出没在云雾之中。

诵读点拨

《行路难》是组诗作品,一共有三首,这里是其中第一首。《行路难》抒发了李白在政治道路上遭遇艰难后的感慨,诗中包含着起伏复杂的感情、跳跃的思维和高昂的气势,具有独特的艺术魅力,是广为传诵的千古名篇。

“金樽清酒斗十千,玉盘珍羞直万钱。”第一联写了朋友不惜金钱,为李白设下丰盛的宴席，为李白饯行。金杯中的美酒一斗酒值十千，玉盘中的佳肴也值万钱。李白非常爱酒，面对这美酒佳肴，再加上朋友的一片盛情，李白应该是会“一饮三百杯”的。然而，李白这一次却非同往常了。

“停杯投箸不能食，拔剑四顾心茫然。”李白放下了酒杯，放下了筷子，没法再进餐，他拔出剑环顾四周，内心充满着茫然。李白在想些什么？他为什么不肯享用美酒佳肴，还拔剑四顾呢？他为什么心下烦忧呢？早在南朝时期的鲍照就有《拟行路难》的诗，诗中说：“对案不能食，拔剑击柱长叹息。”意思是，对着席案上的美食却难以下咽，拔出宝剑对柱挥舞发出长长的叹息。李白此时的心绪和鲍照非常相似，内心都是愤懑不平的。

“欲渡黄河冰塞川，将登太行雪满山。”李白并没有直接说他遇到了什么艰难，但是他通过两个事情来做比。一个是想要渡过黄河，但是坚冰却阻塞了河水，很显然是无法渡过的；另一个是想要攀登太行山，但是大雪积满山路，这也是无法实现的。这里的“冰塞川”“雪满山”恰恰象征着人生道路上的艰难险阻，李白被“赐金还山”，就像遇到冰塞黄河、雪满太行一样啊！

“闲来垂钓碧溪上，忽复乘舟梦日边。”李白的情感复杂就表现在积极与消极之间的反复。刚刚还是“冰塞川”“雪满山”的艰难险阻，到了这句，情感有了变化，心中有了自信。因为这两句所引用故事的人物都有所作为，一个是姜子牙，他80岁在磻溪钓鱼，遇到周文王，后来辅佐周文王，成就大业；另一个是伊尹，他曾经梦见自己乘着舟来到日月边，后来辅佐商汤，灭了夏朝，为商朝的建立立下汗马功劳。李白想到了这两位有所作为的古人，心中又有了自信。

“行路难！行路难！多歧路，今安在？”可是，现实中的李白还是无法冲破艰难的情境，他反复地说着“行路难！行路难！”是啊，人生的歧路那么多，真正能行得通的大路又在哪里呢？

“长风破浪会有时，直挂云帆济沧海。”最后，李白还是宁愿相信总有一天，他会冲破一切，去施展自己的抱负的。他相信自己会乘长风，破万里浪，他相信会挂上云帆，渡过沧海。而这句往往给处在人生低谷的人们以信心和力量，让人们相信自己，勇往直前。

李白的这首《行路难》在绝望之中也带着希望，诗的最后表现的积极的态度和乐观的精神时常鼓舞着人们。

趣读李白诗

1. 汉字密码

你来猜一猜，这是《行路难》(其一)中的哪个字？

这是诗中的“杯”字。其中，“不”用来表音，“不”“杯”古音相近，都是帮母之部字。有的字形是，有了“皿”字底，表示器皿。有的篆文加“口”，强调盛器的饮用用途。有的字形是，有了“缶”，表示陶制的饮用器皿。也有的写成的，左边是“木”，表示木质材料。

李白爱酒，李白的诗中固然少不了“杯”，如“岑夫子，丹丘生，将进酒，杯莫停”“烹羊宰牛且为乐，会须一饮三百杯”“抽刀断水水更流，举杯消愁愁更愁”“三杯吐然诺，五岳倒为轻”“青天有月来几时，我今停杯一问之”等，你知道这些诗句都是什么意思吗？

2. 词语对碰

读一读，对一对。请你为下面的词语对对子吧！

金樽对(　　　　　)　　黄河对(　　　　　)　　冰塞川对(　　　　　　)

3. 我问你答

与诗中“闲来垂钓碧溪上”有关的人物是(　　)。

A. 姜尚　　　　B. 姜夔　　　　C. 伍尚

4. 古诗填字

请根据提示，把下面的诗句填写完整。

行路难(其一)

金樽_______斗十千，玉盘珍羞直_______。

停杯投箸不能食，拔剑_______心茫然。

欲渡_______冰塞川，将登太行_________。

闲来_______碧溪上，忽复_______梦日边。

行路难！行路难！__________，今安在？

______________会有时，直挂_______济沧海。

5. 飞花令

请你以“海”字为令，补全诗句。

① 海 ______________________。

② 碧 海 青 天 夜 夜 心 。

③ _______ 海 ______________。

④ 曾 经 沧 海 难 为 水 。

⑤ ______________ 海 _______。

⑥ 春 江 潮 水 连 海 平 。

⑦ _____________________ 海 。

6. 读诗写文

你遇到过什么困难吗？请你想一想，你是怎么克服的？并写下来。

行路难(其二)

大道如青天，我独不得出。
羞逐长安社中儿，赤鸡白狗赌梨栗。
弹剑作歌奏苦声，曳裾王门不称情。
淮阴市井笑韩信，汉朝公卿忌贾生。
君不见昔时燕家重郭隗，拥篲折节无嫌猜。
剧辛乐毅感恩分，输肝剖胆效英才。
昭王白骨萦蔓草，谁人更扫黄金台？
行路难，归去来！

注释

社中儿:社是古代基层的行政单位,二十五家为一社。此处泛指里巷。社中儿是指市井小人。

赤鸡白狗:指当时斗鸡走狗之类的赌博活动。

梨栗:赌注筹码,此代指蝇头小利。

弹剑作歌:《史记・孟尝君列传》记战国时齐公子孟尝君门下食客冯谖,曾屡次弹剑作歌埋怨自己的生活不如意:"长铗归来乎,食无鱼""长铗归来乎,出无车""长铗归来乎,无以为家"。后因以"弹剑"或"弹铗"比喻生活困窘,求助于人。

曳裾王门:《汉书・邹阳传》:"饰隔之心,则何王之门不可曳长裾乎。"曳裾,就是牵起衣服的前裾。这一种卑躬屈人的样子。

笑韩信:《史记・淮阴侯列传》:"淮阴屠中少年有侮(韩)信者,曰:'若虽长大,好带刀剑,中情怯耳。'众辱之曰:'信能死,刺我。不能死,出我胯下。'"韩信竟匍匐出其胯下。一市人皆嘲笑韩信,认为韩信胆小。

忌贾生:《史记・屈原贾生列传》:"天子欲使贾谊任公卿之位,绛、灌、东阳侯、冯敬之属尽害之。乃短贾生曰:'洛阳之人,年少初,专欲擅权,纷乱诸学。'于是天子后疏之,不用其议,乃以贾为长沙王太傅。"

燕家重郭隗:《史记・燕召公世家》记燕昭王告诉郭隗欲致士兴国,郭隗让他从重用自己开始。于是昭王为隗筑宫而事之。此后乐毅、邹衍、剧辛皆来,士争趋燕。

拥篲：拿着扫帚在人前扫地引路，以示对人的尊重。

折节：屈己下人。

黄金台：也叫招贤台，战国时期燕昭王筑，为燕昭王尊师郭隗之所。

诵读点拨

这首是《行路难》的第二首。《行路难》抒发了李白在政治道路上遭遇艰难后的感慨，诗中包含着起伏复杂的感情、跳跃的思维和高昂的气势，具有独特的艺术魅力，是广为传诵的千古名篇。

“大道如青天，我独不得出。”这首诗的开头不同于第一首。这首诗一开始就把心中积郁很久的苦闷一下子爆发出来。“大道如青天”，世间的大道非常宽阔，像天一样宽，像海一样广。但是，即便如此，“我独不得出”！按理说，宽阔的大道是容易通行的，但是偏偏只有我找不到出路，这恰恰是“行路难”哪！

“羞逐长安社中儿，赤鸡白狗赌梨栗。”是说自己羞于追随长安里社中的小儿，那些人都在干些什么呢？他们都在玩斗鸡走狗之类的赌博活动。当时，上层社会的人们都喜欢斗鸡。唐玄宗也曾在宫内造鸡坊，斗鸡的小儿因此而得宠。所以有“生儿不用识文字，斗鸡走狗胜读书”的民谣。如果要去学斗鸡，是可以结交一些纨绔子弟，在仕途上打开一点后门的。但李白对此非常不屑，他在《答王十二寒夜独酌有怀》中说的“君不能狸膏金距学斗鸡，坐令鼻息干虹霓”就是这个意思。

“弹剑作歌奏苦声，曳裾王门不称情。”不屑与长安小儿结交，那和达官贵人结交呢？“弹剑作歌奏苦声”说的是冯谖做孟尝君的门客，一开始时经常弹剑而歌，表示要回去，后来被孟尝君感动，甘心为他效力。其中的“苦”字表现出李白结交达官贵人是不顺利的，是无法忍受的。“曳裾王门不称情”，就是拉起衣服的前裾，出入达官贵人的大门，这样的做法是不符合自己心意的，是自己不愿做的。

“淮阴市井笑韩信，汉朝公卿忌贾生。”无论是市井小儿，还是达官贵人，李白都不能结交，这是为什么呢？这一句给了我们答案。“淮阴市井笑韩信”，韩信当年不得志的时候，在淮阴曾受到一些市井无赖的嘲笑和侮辱。“汉朝公卿忌贾生”，贾生就是贾谊，贾谊年轻有才，汉文帝本来打算重用他，但是由于大臣灌婴、冯敬等官员对贾谊非常忌妒、极力反对，后来贾谊竟遭贬逐。这两句中，李白借用了韩信、贾谊的典故，写出市井之人对他的嘲笑、达官贵人对他的轻视。因此，他的“路”充满坎坷。

“君不见昔时燕家重郭隗，拥篲折节无嫌猜。剧辛乐毅感恩分，输肝剖胆效英才。昭王白骨萦蔓草，谁人更扫黄金台？”前面说自己处处遭受挫折，不被重用。这六句举了相反的事例，表现了他对理想君臣关系的追求。“燕家”就是战国之时的燕国，燕国的燕昭王为了让国家富强，就尊郭隗为师，在易水边筑造一台，置黄金于其上，名叫“黄金台”，以招揽贤士。于是，乐毅、邹衍、剧辛等治国之才纷纷来辅佐。燕昭王对他们不仅言听计从，还屈己下士，折节相待。当邹衍到达燕国时，燕昭王“拥篲先驱”，亲自扫除道路迎接，还怕灰尘飞扬，就用衣袖挡住扫帚，以表示对邹衍的恭敬。李白常常自比伊尹、姜尚、张良、诸葛亮，他多么希望遇到这样的君主啊！但是，这种理想的关系在现实中是不存在的。当时的唐玄宗腐化昏庸，根本没有真正的求贤、重贤之心。唐玄宗下诏召李白进京，也只是装出一副爱才的姿态，让李白写一点歌功颂德的文字而已。所以，李白说“昭王白骨萦蔓草，谁人更扫黄金台？”他慨叹燕昭王已经远去，现在已经没有人再洒扫黄金台，没有人再像燕昭王那样爱惜人才，尊重人才。李白非常失望，非常痛心。

“行路难，归去来！”李白不被重用，无路可走，他发出沉重的叹息，之后，索性拂衣而去。

相比于第一首诗，李白的这首《行路难》更为悲愤，他既有着对功业的渴望，也有着对朝廷的热情，而最终，一切都成了他的幻想，成了他无法自拔的痛苦。

行路难，不如归去来！

趣读李白诗

1. 汉字密码

你来猜一猜，这是《行路难》(其二)中的哪个字？

这是诗中的“逐”字。“逐”字篆文表示追逐野猪、鹿等野兽。你看，上边的表示鹿，下边的是“止”字，是一个脚的形状，表示追赶。

2. 词语对碰

读一读，对一对。请你为下面的词语对对子吧！

青天对（　　　　）　白狗对（　　　　）　黄金台对（　　　　）

3. 我问你答

下面诗句中，不包含古代人物典故的是（　　）。

A. 羞逐长安社中儿　B. 弹剑作歌奏苦声　C. 淮阴市井笑韩信

4. 古诗填字

请根据提示，把下面的诗句填写完整。

行路难（其二）

大道如_______，我独不得出。
_______长安社中儿，______________赌梨栗。
_______作歌奏苦声，_______王门不称情。
淮阴市井笑_______，汉朝公卿忌_______。
君不见昔时燕家重_______，______________无嫌猜。
______________感恩分，______________效英才。
昭王白骨__________，谁人更扫__________？
行路难，归去来！

5. 飞花令

请你以“金”字为令，补全诗句。

① 金 ______________________。
② 黄 金 错 刀 白 玉 装。
③ _______ 金 ______________。
④ 报 君 黄 金 台 上 意。
⑤ ______________ 金 _______。
⑥ 黄 沙 百 战 穿 金 甲。
⑦ _____________________ 金。

6. 诗情画意

请你根据诗意和自己的想象，画一座黄金台吧！

第十三讲　仙圣相遇

鲁郡东石门送杜二甫

醉别复几日，登临遍池台。
何时石门路，重有金樽开？
秋波落泗水，海色明徂徕。
飞蓬各自远，且尽手中杯。

注释

石门：山名，在今山东曲阜县东北。山不甚高大，石峡对峙如门，故名。

杜二甫：即诗人杜甫，因排行第二，故称他为杜二甫。

池台：池苑楼台。

金樽开：指开樽饮酒。

泗水：水名，在山东省东部，源出山东泗水县陪尾山，向西流经曲阜、兖州，由济宁入运河。

徂(cú)徕(lái)：山名。在今山东泰安市东南。

飞蓬：一种植物，茎高尺余，叶如柳，花如球，常随风飞扬旋转，故名飞蓬，又称转蓬。

诵读点拨

《鲁郡东石门送杜二甫》写于唐玄宗天宝四载(745)秋天。李白在天宝三载(744)被"赐金还山"，当时李白44岁。他离开长安之后，就到了梁宋之地(今河南开封、商丘)游历。时年33岁的杜甫因为料理祖母的丧事也奔走在郑州、梁园(今开封)之间。就这样，李白、杜甫两位大诗人就这样在梁宋间相遇了，他们一同游览，亲如手足，不久之后就暂时分别了。第二年春天，他们又在鲁郡(今山东兖州)重逢，同游齐鲁。到了深秋时节，杜甫西去长安，李白再游江东，所以，两人在鲁郡东石门分别。临行之时，李白写了这首送别诗。

"醉别复几日，登临遍池台。"李白爱酒，杜甫也爱酒，两个爱酒之人，在分别的时候必然要痛饮一番。他们在一起的时候，一同游览了鲁郡一带的名胜古迹，一同登览了附近的亭台楼阁。我们可以想象，两位大诗人，一同游览名山大川，一同高歌痛饮美酒，该是多么动人的场面！杜甫有诗说"醉眠秋共被，携手日同行”，一个“共”字，一个“同”字，说的就是二人情谊之深厚啊！

“何时石门路，重有金樽开？”我们常说，一旦分别，什么时候还能回到从前呢？李白也说，这一次离别之后，什么时候还能够一起再到石门山去游览呢？什么时候还能一起再对酒高歌，畅谈理想呢？其实，李白也在迫不及待地想象着下一次的重逢，一个“何时”，一个“重”，既是他不舍的惜别，又是他迫切的想象。这和杜甫的“何时一樽酒，重与细论文”是多么一致啊！

“秋波落泗水，海色明徂徕。”这一联终于提到了景色，秋日的泗水微波荡漾，远处的徂徕山在海色中显得更加明亮。李白和杜甫都喜欢游山玩水，他们也在这山清水秀的景色中离别，这泗水，这徂徕，似乎也在和他们告别。

而离别千万次，次次难离的，是酒。

“飞蓬各自远，且尽手中杯。”李白清楚自己的人生充满着无奈与哀愁，就像飞蓬一般。《辞源》中说“飞蓬：蓬草之不理者，叶散生，遇风辄拔而旋。”飞蓬本就是凌乱无序的，遇风而飞，不能自主，一如被“赐金放还”的李白，无法左右自己的命运。马上就走了，就干了这杯酒吧！多么朴实，又多么豪迈！不知道李白的一生，都对哪些人说了“干了吧！兄弟！”但是，在这里，就有一句是对杜甫说的。干了这杯酒，再见面，李白还是李白，杜甫还是杜甫，泗水依旧流，干的还是酒！

这首送别诗，以“醉别”开头，以“干杯”结束，我们能够看出李白的忧愁，更能够看到李白的豪放，当然，李白与杜甫之间深厚的友情，也随着秋波海色在历史的天空中闪耀。

趣读李白诗

1. 汉字密码

你来猜一猜，这是《鲁郡东石门送杜二甫》中的哪个字？

这是诗中的“别”字。“别”字原从刀从冎，表示用刀将骨分开。现在“别”字“解剖”的意思已经消失了，但是“分别”的意思似乎是“骨”分离的延伸。

古时候由于交通不方便，亲朋好友见面不容易，所以特别看重离别。离别的时候，人们往往设宴饯行、饮酒相送、折柳吟诗等。李白四处漂泊，自然要面对很多次离别，他也作了很多关于送别的诗，有送别孟浩然的《黄鹤楼送孟浩然之广陵》,有赠别汪伦的《赠汪伦》,有告别儿女的《南陵别儿童入京》,这些诗你都会背吗?

2. 词语对碰

读一读,对一对。请你为下面的词语对对子吧!

秋波对(　　　　)　　飞蓬对(　　　　)　　手中杯对(　　　　)

3. 我问你答

诗中“何时石门路,重有金樽开”中“石门”是(　　)。

A. 门的名字　　B. 山的名字　　C. 路的名字

4. 古诗填字

请根据提示,把下面的诗句填写完整。

鲁郡东石门送杜二甫

醉别________,登临遍池台。

何时________,重有________?

______落泗水,______明徂徕。

______各自远,且尽______杯。

5. 飞花令

请你以“日”字为令,补全诗句。

① 日__________________。

② 胜日寻芳泗水滨。

③ ______日____________。

④ 七月七日长生殿。

⑤ ____________日______。

⑥ 千里江陵一日还。

⑦ __________________日。

6. 读诗写文

你最知心的朋友是谁？你们一起做过最难忘的事是什么？请写下来。

沙丘城下寄杜甫

我来竟何事？高卧沙丘城。
城边有古树，日夕连秋声。
鲁酒不可醉，齐歌空复情。
思君若汶水，浩荡寄南征。

注释

沙丘：指唐代兖州治城瑕丘。沙丘城一说为位于今山东肥城市汶阳镇东、大汶河南下支流洸河（今名洸府河）分水口对岸。而根据1993年出土于兖州城东南泗河中的北齐沙丘城造像残碑（又名沙丘碑），兖州古地名为沙丘，又名瑕丘，于唐代为鲁西南重要治所，李白应于此居住。由于此重大考古发现，学术界基本上认同兖州为李白居住之沙丘城。

来：将来，引申为某一时间以后，这里意指自从你走了以后。

高卧：高枕而卧，这里指闲居。

“鲁酒”两句：古来有鲁国酒薄之称。《庄子·胠箧》：“鲁酒薄而邯郸围。”此谓鲁酒之薄，不能醉人；齐歌之艳，听之无绪。皆因无共赏之人。空复情，徒有情意。

汶水：鲁地河流名，河的正流今称大汶河，其源有三：一发泰山之旁仙台岭，一发莱芜县原山之阳，一发莱芜县寨子村，流经兖州瑕丘县北，西南行，入大野泽。耿元端说汶水在曲阜之北七八十里处向西流，“思君若汶水”只是联想到汶水，不能认为沙丘城就在汶水之旁（参见《百家唐宋诗新话》）。

南征：南行，指代往南而去的杜甫。一说南征指南流之水。

诵读点拨

《沙丘城下寄杜甫》写于李白和杜甫鲁郡东石门分别之后。杜甫西去长安，李白南游江东之前，曾经旅居沙丘城。李白因为怀念杜甫，就写下了这首诗。诗中的语言朴实，情谊感人，从中能够感受到李白和杜甫之间的深厚友谊。

“我来竟何事？高卧沙丘城。”在诗的第一联，李白问自己。“竟何事”可以看出他无所事事，整天非常乏味，也非常苦闷，白白地在沙丘城隐居。其实，也可以看出李白内心是非常失落的，这种失落源于离开长安后理想的破灭，加上和杜甫分别，使自己的惆怅情绪更加浓重。

“城边有古树，日夕连秋声。”第二联，李白写的是眼前之衰景，耳边之悲声。沙丘城边古树沧桑，李白未曾见到古树年轻的时候，古树却见过李白失意的样子。夕阳下古树悲声不断，那是树上的虫鸣，是黄叶的飘零，还是秋风吹来的声音呢？李白就这样静静地看着，静静地听着，不知道看了多久，也不知道听了多久，总之，无边的寂寞包围了他，在这样秋声四起的黄昏。

“鲁酒不可醉，齐歌空复情。”爱酒的李白写过“我醉欲眠卿且去，明朝有意抱琴来”，写过“钟鼓馔玉不足贵，但愿长醉不复醒”，他那样爱酒，那样喜欢醉酒，但是这一次，他没有醉，也无法醉。有酒无人对饮，有歌无人共赏，这是人生的大寂寞。庾信在《哀江南赋》中说“楚歌非取乐之方，鲁酒无忘忧之用。”此时的李白恰恰是寂寞无法排遣的时候。

“思君若汶水，浩荡寄南征。”直到诗的最后一联，李白将一切的寂寞、一切的苦闷的原因抒发了出来。他说，“我对你的思念就像这浩浩荡荡的汶水，紧随着你悠悠南行”。汶水发源于山东莱芜，向西南流，恰恰杜甫所去的长安也位于鲁地的西南。李白把对杜甫的思念比作滔滔南流的汶水，流水不息，思念不止，读来不禁让人动容。

这首诗的结尾运用比喻的手法，把对杜甫的思念之情比作汶水，来寄托李白对杜甫绵长深远的友谊。你还知道李白的哪些诗句也运用了这种手法？

趣读李白诗

1. 汉字密码

你来猜一猜，这是《沙丘城下寄杜甫》中的哪个字？

这是诗中的“边”字。“边”字，原义“边境，边陲”。后来，有了“事物的外缘”“侧面，方面，方向”的意思。

2. 词语对碰

读一读，对一对。请你为下面的词语对对子吧！

城边对（　　　　）　鲁酒对（　　　　）　不可醉对（　　　　）

3. 我问你答

诗中“鲁酒不可醉，齐歌空复情”中“鲁”“齐”指的是（　　）。

A. 山东　　B. 山西　　C. 广东

4. 古诗填字

请根据提示，把下面的诗句填写完整。

沙丘城下寄杜甫

我来____何事？______沙丘城。

城边有______，日夕连______。

______不可醉，______空复情。

思君若______，______寄南征。

5. 飞花令

请你以“树”字为令，补全诗句。

① 树 ______________。

② 千 树 万 树 梨 花 开 。

③ ______ 树 ________。

④ 新 丰 绿 树 起 黄 埃 。

⑤ ________ 树 ______。

⑥ 碧 玉 妆 成 一 树 高 。

⑦ ______________ 树 。

6. 诗情画意

请你根据“城边有古树，日夕连秋声”画一幅画吧！

第十四讲　怀古自伤

登金陵凤凰台

凤凰台上凤凰游，凤去台空江自流。
吴宫花草埋幽径，晋代衣冠成古丘。
三山半落青天外，二水中分白鹭洲。
总为浮云能蔽日，长安不见使人愁。

注释

凤凰台：在金陵凤凰山上。

江：长江。

吴宫：三国时孙吴曾于金陵建都筑宫。

晋代：指东晋，南渡后也建都于金陵。

衣冠：指的是东晋文学家郭璞的衣冠冢。现今仍在南京玄武湖公园内。一说指当时豪门世族，衣冠是士大夫的穿戴，借指士大夫、官绅。

三山：山名。据《景定建康志》载："其山积石森郁，滨于大江，三峰并列，南北相连，故号三山。"今三山街为其旧址。明初朱元璋筑城时，将城南的三座无名小山也围在了城中。这三座山正好挡住了从城北通向南门——聚宝门的去路。恰逢当时正在城东燕雀湖修筑宫城，于是将这三座山填进了燕雀湖。三山挖平后，在山基修了一条街道，取名为三山街。

二水：一作"一水"。指秦淮河流经南京后，西入长江，被横截其间的白鹭洲分为二支。

白鹭洲：古代长江中的沙洲，洲上多集白鹭。今已与陆地相连，位于今南京市江东门外。

浮云能蔽日：比喻谗臣当道障蔽贤良。浮云，比喻奸邪小人。陆贾《新语·慎微篇》："邪臣之蔽贤，犹浮云之障日月也。"日，一语双关，因为古代把太阳看作是帝王的象征。

诵读点拨

《登金陵凤凰台》是李白登凤凰台而创作的怀古抒情的诗。关于这首诗的创作时间，一种说法是在李白被"赐金还山"，离开长安之后，到金陵游览时所作；一种说法是在李白流放夜郎遇赦返回后所作；还有人说是李白游览黄鹤楼，并留下"眼前有景道不得，崔颢题诗在上头"后写的，是想与崔颢的《黄鹤楼》一争高下。

总之，李白在这首诗中，将传说故事、历史变迁、眼前景物和心中感喟都融合在一起，《瀛奎律髓》做出很高的评价："太白此诗与崔颢《黄鹤楼》相似，格律气势未易甲乙。"李白的这首诗和崔颢的《黄鹤楼》同为登临怀古的双璧。

"凤凰台上凤凰游，凤去台空江自流。"这一联从凤凰台的传说写起。关于凤凰山和凤凰台有一个美丽的传说，据《江南通志》记载："凤凰台在江宁府城内之西南隅，犹有陂陀，尚可登览。宋元嘉十六年，有三鸟翔集山间，文彩五色，状如孔雀，音声谐和，众鸟群附，时人谓之凤凰。起台于山，谓之凤凰山，里曰凤凰里。"也就是相传在南朝刘宋永嘉年间，有凤凰飞来，栖息在山上，所以人们就在山上建造了一座台，名叫凤凰台，山也就叫凤凰山了。凤凰在古时候是祥瑞的象征，凤凰在山中出现也象征着王朝的兴盛。但是，在李白登临的时候，凤凰已经去了，这不单单代表传说中的凤凰去了，这背后还隐藏着李白对现实的担忧。凤凰去了，凤凰台空了，六朝的繁华景象也全都流逝了，这些都变迁了。但是，还有不变的——"江自流"，只有长江还在兀自不停地流着。长江是永恒的，恰恰因为这种永恒，反而显得历史转瞬即逝，显得人生匆匆即过。

"吴宫花草埋幽径，晋代衣冠成古丘。"这一联写到了历史的变迁。金陵是六朝古都，三国时的吴国和后来的东晋都在金陵建都。然而，吴国繁华的宫殿已经不在，东晋风流的人物已经离去，"幽径"是宫殿荒凉的路，"古丘"是名流寂寞的坟。晋明帝当年为大文学家郭璞修建的衣冠冢豪华一时，然而到了李白来看的时候，已经成为一个丘壑了。当时豪门世族也淹没在历史的洪流中。李白沉浸在对历史的遐思之中，更沉浸在由历史变迁所带来的人事感伤之中。

然而，当李白登临的目光望向远方的时候，他的思绪又回到了现实。

"三山半落青天外，二水中分白鹭洲。"在金陵西南的长江边上，三峰并列，南北相连。据陆游的《入蜀记》载："三山自石头及凤凰台望之，杳杳有无中耳，及过其下，则距金陵才五十余里。""三山半落青天外"，这三座山有一半藏在青天之外，半隐半现，隐隐约约，这样的景象让李白心动了。在金陵西的长江之中有一个沙洲，洲上常常有无数的白鹭栖息，这个洲就是"白鹭洲"。白鹭洲把流入长江的水分成了两支。这一联的景象非常壮丽，而我们不禁要问，李白真的在望着这山，真的在看着这水吗？

别忘了，这山这水也并不能代表望见全部啊！

“总为浮云能蔽日，长安不见使人愁。”终于，李白心中最痛的地方在这次登临时被彻彻底底地激发了出来——长安！还是长安！李白登上凤凰台，远望三山和长江，是想跨越千山万水，望见长安啊！长安是哪里？长安是唐代朝廷的所在地，长安有着李白“天子呼来不上船”的潇洒，有着李白“云想衣裳花想容”的才华，有着李白达则兼济天下的理想，有着李白“我辈岂是蓬蒿人”的放纵……长安啊，那是李白一生的梦想，也是李白一生的痛处。那个曾经“以七宝床赐食，御手调羹以饭之”的皇帝，那个让李白“曾经为近臣”的皇帝，再也看不见了。浮云能蔽日啊，李白心中的忧愁，怕是彼时彼刻即使在凤凰台上望得见长安，也是无法排遣、无法消除的了。

登金陵凤凰台，看见了凤凰台，看不见凤凰；看见了长江水，看不见古人；看见了三山，看不见长安。李白的忧国之心、伤时之痛，在那一次被历史永远铭记。

趣读李白诗

1. 汉字密码

你来猜一猜，这是《登金陵凤凰台》中的哪个字？

这是诗中的“愁”字。“愁”字由“秋”和“心”组成。《说文》中说“愁，忧也。”“秋”字原是为表音，后人认为秋天是草木凋零的季节，是令人感伤的季节，心上的秋表示内心感伤忧虑。所以，吴文英有词云：“何处合成愁，离人心上秋。”“愁”也有许多，比如离愁、春愁、秋愁、旧愁、新愁、浓愁、深愁、情愁、乡愁等。

2. 词语对碰

读一读，对一对。请你为下面的词语对对子吧！

花草对（　　　　）　　三山对（　　　　）　　青天外对（　　　　　）

3. 我问你答

诗中“三山半落青天外，二水中分______”中，划线处应填的是（　　）。

A. 百花洲　　　　B. 橘子洲　　　　C. 白鹭洲

4. 古诗填字

请根据提示，把下面的诗句填写完整。

登金陵凤凰台

凤凰台上______游，凤去______江自流。

____________埋幽径，____________成古丘。

三山半落______外，二水中分______洲。

总为浮云能______，______不见使人愁。

5. 飞花令

请你以“台”字为令，补全诗句。

① 台 __________________。

② 楼 台 倒 影 入 池 塘 。

③ ______ 台 ____________。

④ 多 少 楼 台 烟 雨 中 。

⑤ ____________ 台 ______。

⑥ 青 衫 记 得 章 台 月 。

⑦ __________________ 台 。

6. 诗情画意

请你根据“三山半落青天外，二水中分白鹭洲”画一幅画吧。

夜泊牛渚怀古

牛渚西江夜，青天无片云。
登舟望秋月，空忆谢将军。
余亦能高咏，斯人不可闻。
明朝挂帆席，枫叶落纷纷。

注释

牛渚：山名，在今安徽省当涂县西北。诗题下有注："此地即谢尚闻袁宏咏史处。"

西江：从南京以西到江西境内的一段长江，古代称西江。牛渚也在西江这一段中。

谢将军：指东晋谢尚，官镇西将军。镇守牛渚时，秋夜泛舟赏月，适袁宏在运租船中诵己作《咏史》诗，音辞都很好，遂大加赞赏，邀其前来，谈到天明。袁宏从此名声大振，后官至东阳太守。

斯人：此人，指谢尚。

挂帆席：扬帆驶船。一作"洞庭去"。

落：一作"正"。

诵读点拨

《夜泊牛渚怀古》大约是李白青年时代的诗作，这首诗借怀古而自伤，感叹没有遇到知音。从题目上看，我们能得知有关时间、地点的信息。牛渚是安徽当涂西北紧靠长江的一座山，北端突入江中，就是著名的采石矶。在这首诗题的下面原来有注说："此地即谢尚闻袁宏咏史处。"在《晋书·文苑传》中，有这样一段记载：袁宏少时孤贫，以运租为业。镇西将军谢尚镇守牛渚时，有一次秋夜乘月泛江，听到袁宏在运租船上讽咏他自己的《咏史》诗，非常赞赏。于是，谢尚邀袁宏过船谈论，直到天明。袁宏得到谢尚的赞誉，从此声名大振。李白诗题中所说的"怀古"，就是指这件事。

“牛渚西江夜，青天无片云。”这一联点明了诗题“夜泊牛渚”。这一夜，李白也把船停在了牛渚西江，他站在船头，看着夜色中的景象。只见万里青天，没有一片云。西江的苍茫和夜空的辽阔融在了一起。此时的李白，一定会感受到空旷浩渺，一定会感受到悠远寂寥。

置身于这样的夜色中，最容易驰思万里，思接千古了。更何况，牛渚西江夜，还曾经有着一段令李白羡慕不已的往事。所以，李白自然而然地“怀古”了。

“登舟望秋月，空忆谢将军。”这一夜的天空没有云，但是有明月，皓月千里，月映山河，这让一切都变得幽古起来。而这月，也是思绪接连历史的媒介，因为谢尚将军也曾在西江赏月。李白望见明月，便想到了谢尚将军。李白所望的月，正是谢尚所赏的月，李白能够回忆着谢尚赏识袁宏的佳话，谢尚却无法得知李白。这种没有回应的回忆，就成了“空忆”。

“余亦能高咏，斯人不可闻。”当然，李白的思绪还是停在谢尚与袁宏的故事里，袁宏曾经在船中高咏，被谢尚听到而赞扬，从此声名大振。李白心想：我也能高咏啊！但是，我的高咏，只有这秋月能听到，只有这西江能听到，只有这牛渚能听到……但是，谢尚听不到啊！像谢尚这样慧眼识人的人听不到啊！这是李白的孤独，他非常希望自己能像袁宏那样，“高咏”而遇知己，声名大振于天下。但是，最终还是“斯人不可闻”。

怀古，终是今古不同，怀而成伤。

“明朝挂帆席，枫叶落纷纷。”不知道李白的思绪在历史中沉浸了多久，最终，他还是回到了现实，他想着第二天挂帆离去时，于飒飒秋风中飘落的枫叶，就像他此时的心伤。一种知音难觅的凄凉寂寞，袭上心头。

趣读李白诗

1. 汉字密码

你来猜一猜，这是《夜泊牛渚怀古》中的哪个字？

这是诗中的“望”字。“瞭望”的“望”古代本用“朢”表示，人挺立，目竖起，是极目远眺的样子。“望”字是“朢”加上“月”旁形成的，本义表示阴历十五的望日。最后“臣”被改造成音近的“亡”表音，“朢”字也废弃不用了，只剩下“望”。

古人常在月圆之夜，举目望月，寄托对遥远亲友的思念之情。

2. 词语对碰

读一读，对一对。请你为下面的词语对对子吧！

西江对（　　　　）　秋月对（　　　　）　谢将军对（　　　　）

3. 我问你答

诗中“登舟望秋月，空忆谢将军”中“谢将军”指的是（　　）。

A. 谢朓　　　B. 谢尚　　　C. 谢灵运

4. 古诗填字

请根据提示，把下面的诗句填写完整。

夜泊牛渚怀古

______西江夜，______无片云。

登舟望______，空忆________。

余亦能______，______不可闻。

明朝挂______，______落纷纷。

5. 飞花令

请你以“叶”字为令，补全诗句。

① 叶 ____________________。

② 霜 叶 红 于 二 月 花 。

③ ______ 叶 ____________。

④ 接 天 莲 叶 无 穷 碧 。

⑤ ____________ 叶 ______。

⑥ 莫 听 穿 林 打 叶 声 。

⑦ __________________ 叶 。

6. 读诗写文

请你替李白给谢尚将军写一封信吧。

第十五讲　相思长安

长相思(其一)

长相思，在长安。
络纬秋啼金井阑，
微霜凄凄簟色寒。
孤灯不明思欲绝，
卷帷望月空长叹。
美人如花隔云端。
上有青冥之高天，
下有渌水之波澜。
天长路远魂飞苦，
梦魂不到关山难。
长相思，摧心肝。

注释

长安:今陕西省西安市。
络纬:昆虫名,又名莎鸡,俗称纺织娘。
金井阑:指精美的井栏。
簟色寒:指竹席的凉意。簟,凉席。
帷:窗帘。
渌水:清水。
关山难:关山难渡。

诵读点拨

《长相思》(其一)这首诗是李白离开长安之后,回忆美好往事时所作。这首诗描写了秋虫、秋霜、孤灯等事物,从男子的角度抒发了的相思之苦。全诗中,“美人如花隔云端”是关键所在,在我国的古典诗词中,经常用“美人”来比喻美好的理想。而诗中的“长安”更是李白追求政治理想而不成的寄托。

诗的开篇便直接表达相思之情。“长相思，在长安”，他长久地思念着，他所思念的人在长安。这种相思之情深，随着夜晚的来临显得更加浓重。“络纬秋啼金井阑”，秋天的夜里，纺织娘在华美的井栏旁啼叫着，这种声音在处于相思之苦的人听来，会让人的愁绪变得更多，让人的心情变得更烦。络纬秋啼，这还是听觉上的凄凉，这声音也许一直萦绕在诗人的耳畔。“微霜凄凄簟色寒”，这一句是在说身体上的感受，秋夜有霜，微霜凄凄，读来仿佛一股寒气扑面而来；“簟色寒”是说凉席已经很冷了，冷得让人无法在上面睡觉，他无法成眠，便起来了。“孤灯不明思欲绝”，“孤”字用得很好，这不仅仅在说灯，也在说人，说人内心的孤独。孤独的内心就像昏暗的灯光一样，而此时此刻，诗人“思欲绝”，相思的情绪非常浓重，简直就可以说是“想死人了”。相思无处排遣，只好“卷帷望月空长叹”，卷起窗帘，望着明月，无可奈何地发出一声长叹。

诗中的人，可以理解成李白本人。

那么，到底是什么，让李白如此辗转反侧，无法成眠呢？到底是什么，让李白如此相思，长长叹息呢？

“美人如花隔云端。”这是诗中李白说的最关键的一句。想念的美人，如花般美丽，却隔着云端。到此，长相思的对象才言明。而“美人”也指代理想，李白不是一直都想成就一番事业吗？那就是他的理想。

接着，李白又进行了一场浪漫而艰苦的追梦。

“上有青冥之高天，下有渌水之波澜。”向上追寻，是浩瀚的青天；向下追寻，有清水的波澜。“天长路远魂飞苦，梦魂不到关山难。”天长路远，关山难渡，追寻的道路多么艰苦！无论怎么追寻，都没有结果，所以最终是“长相思，摧心肝！”相思之苦，足以痛断肝肠。这比“思欲绝”的程度更深。

这首《长相思》形式匀称，“美人如花隔云端”这个独立的诗句把全诗分为篇幅相同的两部分。全诗从“长相思”展开，又用“长相思”结语，把相思之苦表现得淋漓尽致。

趣读李白诗

1. 汉字密码

你来猜一猜，这是《长相思》(其一)中的哪个字？

这是诗中的“安”字。或以为“安”字像人在屋中安坐的样子，或认为这仅仅是个形声字。诗中的“长安”是中国的十三朝古都。汉高祖七年(前200)国都由栎阳迁移至此，因地处长安乡，故名长安城，有“长治久安”的寓意。

2. 词语对碰

读一读，对一对。请你为下面的词语对对子吧！

美人对(　　　　)　　云端对(　　　　)　　金井阑对(　　　　　)

3. 我问你答

李白《长相思》(其一)中最为关键的一句诗是(　　)。

A. 卷帷望月空长叹　　B. 美人如花隔云端　　C. 梦魂不到关山难

4. 古诗填字

请根据提示，把下面的诗句填写完整。

长相思(其一)

长相思，________。

______秋啼金井阑，

微霜凄凄______寒。

______不明思欲绝，

______望月空长叹。

美人如花________。

上有______之高天，

下有______之波澜。

天长路远__________，

梦魂不到__________。

长相思，__________。

5. 飞花令

请你以“心”字为令，补全诗句。

① 心 ____________________。

② 此 心 安 处 是 吾 乡。

③ ________ 心 ____________。

④ 留 取 丹 心 照 汗 青。

⑤ ______________ 心 ________。

⑥ 行 宫 见 月 伤 心 色。

⑦ ______________________ 心。

6. 诗情画意

请你根据“卷帷望月空长叹”作一幅画吧。

长相思(其二)

日色欲尽花含烟，
月明欲素愁不眠。
赵瑟初停凤凰柱，
蜀琴欲奏鸳鸯弦。
此曲有意无人传，
愿随春风寄燕然。
忆君迢迢隔青天。
昔时横波目，
今作流泪泉。
不信妾肠断，
归来看取明镜前。

注释

赵瑟：相传古代赵国的人善弹瑟，故将瑟称为赵瑟。瑟，一种弦乐器。

凤凰柱：或是瑟柱上雕饰凤凰形状。

燕然：泛指塞北。

横波：指眼波流盼生辉的样子。

诵读点拨

如果说《长相思》(其一)是从男子的角度，用秋天的景象来写相思之情的话，那么《长相思》(其二)则是从女子的角度，用春天的物象来写相思之情的。

“日色欲尽花含烟，月明欲素愁不眠。”这首诗一开篇就渲染了淡淡的哀愁。这位女子在天晚的时候看花，花色朦胧，又转回屋内睡觉，却因为忧愁无法入眠。从“日”到“月”的时间推移可以看出她始终无法排遣自己的忧愁。

“赵瑟初停凤凰柱，蜀琴欲奏鸳鸯弦。”这时该怎么办呢？她难以成眠，就弹起了乐器。“初停”是刚刚结束，“欲奏”是将要演奏。她刚刚放下赵瑟，又要拿起蜀琴了。而“凤凰”和“鸳鸯”都是双宿双飞的，又暗含了她是在思念自己的丈夫。

她的丈夫不在家里，去了哪里呢？

“此曲有意无人传，愿随春风寄燕然。”终于，她丈夫的信息出现了。她对丈夫的思念没有人能帮她传达，那就随着春风寄到燕然吧！“燕然”是哪里？“燕然”是北方边塞的代称。当年窦宪大破匈奴，班固撰写《封燕然山铭》文，刻在石上赞颂功业。她的丈夫，在遥远的边塞啊。

然而，就算春风有意，能寄曲燕然，这位女子的相思就能得到安慰吗？

当然不能！

“忆君迢迢隔青天。”

这是《长相思》（其二）中最为关键的一句。

这是她发出的沉重的叹息！我是那么想你，可是山水迢迢，就像隔着青天啊！

其实，她的相思并不是此时此夜，而是每时每刻，日日夜夜都在相思。

“昔时横波目，今作流泪泉。”以前的那对顾盼灵秀、眼波如流的眼睛，如今变成了流泪的泉。“不信妾肠断，归来看取明镜前。”这是她对丈夫说：“如果不相信我因为思念而肝肠寸断，等你回来时，在明镜前看看我憔悴、疲惫的面容就知道了。”

和《长相思》（其一）相比，《长相思》（其二）的语言更加浅显易懂，采用了夸张、排比、想象等手法，把这个美丽多情的女子对出征边塞丈夫的思念之情表现得淋漓尽致。

趣读李白诗

1. 汉字密码

你来猜一猜，这是《长相思》（其二）中的哪个字？

这是诗中的“昔”字。许慎《说文解字》认为“昔”像晾在太阳下的肉条，“昔”字本义“干肉”。段玉裁对此的解释是昨天晾的肉，今日食之，所以有“过去”的意思。

2. 词语对碰

读一读，对一对。请你为下面的词语对对子吧！

赵瑟对（　　　　）　初停对（　　　　）　凤凰柱对（　　　　）

3. 我问你答

李白《长相思》（其二）中最为关键的一句诗是（　　）。

A. 此曲有意无人传　B. 忆君迢迢隔青天　C. 愿随春风寄燕然

4. 古诗填字

请根据提示，把下面的诗句填写完整。

长相思（其二）

日色_______花含烟，
月明_______愁不眠。
赵瑟初停_______柱，
蜀琴欲奏_______弦。
此曲_______无人传，
愿随春风寄_______。
忆君迢迢隔_______。
_______横波目，
今作_______泉。
不信妾_______，
归来看取_______前。

5. 飞花令

请你以“君”字为令，补全诗句。

① 君 ________________________。

② 请 君 为 我 倾 耳 听 。

③ ________ 君 ________________。

④ 日 日 思 君 不 见 君 。

⑤ ________________ 君 ________。

⑥ 相 逢 意 气 为 君 饮 。

⑦ ________________________ 君 。

6. 读诗写文

请你发挥想象，写一写丈夫回家后，他们说的话吧！

____

____

____

____

____

____

____

____

____

____

____

____

____

第十六讲　客心孤独

独坐敬亭山

众鸟高飞尽，
孤云独去闲。
相看两不厌，
只有敬亭山。

注释

敬亭山：在今安徽宣城市北。
厌：满足。

诵读点拨

《独坐敬亭山》是李白在天宝十二载(753)南下宣城时所作。当时，李白离开长安已经十年，他经历了长期的漂泊，饱尝了人间的辛酸，看透了世态的炎凉，孤寂的感觉越来越强烈，于是便向大自然寻找寄托。

“独坐敬亭山”是在敬亭山上独自一个人坐着，从题目上，我们就能感受到李白的孤独，“独”不仅是说李白当时是一个人，单独地坐着，还表明了他的内心是孤独的。

“众鸟高飞尽”，许多鸟在高空中飞翔，但是它们全都飞远了，消失了。“众鸟高飞”一种热闹的景象，然而一个“尽”字让这种热闹不复存在。也许，李白的目光一直在追随着飞鸟，但是当飞鸟远去，他的视野中什么都没有了，连鸟的影子都不见了。他再一寻找，发现“孤云独去闲”，他发现了什么？云。是怎样的云？孤云。“孤云”就是一片云，这片云就像李白一样，只身一人，没有伙伴。但是，这片云的姿态却是“闲”的，即便孤独，却并不是幽愤的孤独，而是悠闲的孤独，这就有一点儿别样的意味了。而云的“闲”也恰恰说明了李白的“闲”，李白的那种孤独的悠闲，或者悠闲的孤独。“独去”是云的姿态，它慢悠悠地远去，不急不躁，直到消失。

李白的目光也该是像这朵云一样，不急不躁，不紧不慢，看着它缓缓远去，慢慢消失吧！

飞鸟不见了，孤云也不见了。飞鸟不曾看见李白，孤云也不曾看见李白。李白的目光又投向了哪里呢？

“相看两不厌，只有敬亭山。”李白的孤独是没有人和他交流，连飞鸟和孤云也不为他停留，但是，却有敬亭山——既不能飞翔，也不能移动——它和李白对看着，而且不管看多久都不会厌倦。似乎李白看懂了敬亭山，也似乎敬亭山看懂了李白，在李白孤独的时刻，只有敬亭山才会“相看两不厌”。他从大自然中寻找心灵的寄托，也恰恰是悠闲的孤独，才能够长久地“相看”，并且，在“相看”中获得心灵的宁静。这两句诗给人以无限的想象。李白会想些什么呢？

吴烶《唐诗选胜直解》评说：“山间之所有者，鸟与云耳，今则飞尽矣，去闲矣。独坐之际对之郁然而深秀者，则有此山，陶靖节诗‘悠然见南山’，即此意也，加‘不厌’二字，方醒得独坐神理。言浅意深，人所不能道。”将“相看两不厌，只有敬亭山”和“采菊东篱下，悠然见南山”进行对比，使人领悟“独坐”的道理。

趣读李白诗

1. 汉字密码

你来猜一猜，这是《独坐敬亭山》中的哪个字？

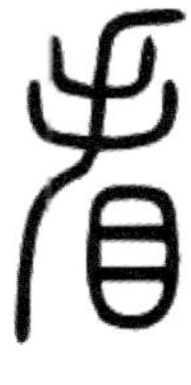

这是诗中的“看”字。“看”字的篆文表示举起手遮光，以方便远望观察。李白的“遥看瀑布挂前川”的“看”就是远看。此外，“看”还有“注视，欣赏”的含义，比如“看书”“看中”；还有“观察判断”的含义，比如“看病”“看脉”；也有“理解，研究，思考”的含义，比如“看待”“怎么看”；当读作一声的时候有“盯住，守护”的含义，比如“看管”“看护”。

2. 词语对碰

读一读，对一对。请你为下面的词语对对子吧！

众鸟对（　　　　）　高飞对（　　　　）　敬亭山对（　　　　）

3. 我问你答

“相看两不厌，只有敬亭山”中的“厌”的意思是（　　）。

A. 嫌恶　　　　　B. 憎恶　　　　　C. 满足

4. 古诗填字

请根据提示，把下面的诗句填写完整。

独坐敬亭山

众鸟______尽，

______独去闲。

相看________，

只有________。

5. 飞花令

请你以“鸟”字为令，补全诗句。

① 鸟________________。

② 飞 鸟 相 与 还 。

③ ______ 鸟 __________。

④ 翻 空 白 鸟 时 时 见 。

⑤ __________ 鸟 ______。

⑥ 暗 里 忽 惊 山 鸟 啼 。

⑦ ________________ 鸟 。

6. 诗情画意

请你根据“孤云独去闲”画一朵云吧。

听蜀僧濬弹琴

蜀僧抱绿绮，西下峨眉峰。
为我一挥手，如听万壑松。
客心洗流水，余响入霜钟。
不觉碧山暮，秋云暗几重。

注释

蜀僧濬：即蜀地一位名叫濬的僧人。

绿绮（qǐ）：琴名。晋傅玄《琴赋序》："齐桓公有鸣琴曰号钟，楚庄有鸣琴曰绕梁，中世司马相如有琴曰绿绮，蔡邕有琴曰焦尾，皆名器也。"诗中以绿绮形容蜀僧濬的琴很名贵。

峨眉峰：山名，在今四川省峨眉山市西南，有两山峰相对，望之如蛾眉，故名。

挥手：这里指弹琴。

万壑松：形容琴声如无数山谷中的松涛声。琴曲有《风入松》。壑，山谷。

"客心"句：谓琴心优美如流水，一洗诗人客中郁结的情怀。客，诗人自谓。流水，《列子·汤问》："伯牙鼓瑟，志在高山，钟子期曰：'峨峨然若泰山。'志在流水，曰：'洋洋乎若江河。'子期死，伯牙绝弦，以无知音者。"这句诗中的"流水"，语意双关，既是实指僧濬琴声，又暗用了伯牙善弹、子期知音的典故。

余响：指琴声余音。

入霜钟：谓琴音与钟声混和。霜钟，指钟声。

"不觉"句：意思是说，因为听得入神，不知不觉天就暗下来了。

诵读点拨

《听蜀僧濬弹琴》是唐玄宗天宝十二载（753）李白在宣城（今属安徽）期间所创作的。一位来自蜀地的僧人，名叫濬，为李白弹琴。琴弹得非常好，李白在诗中高度赞美了琴声的美妙。弹琴，听琴，需要知音方能懂得其中的奥妙。所以，这首也表达了知音难遇。李白青年出蜀，这时在宣城，这位僧人恰恰是蜀地，也就是李白的故乡来的。所以，这首诗也表达了对故乡的思念。

“蜀僧抱绿绮，西下峨眉峰。”这一联不仅交代了僧人来自哪里，而且还让人觉得僧人有一种超凡脱俗的气质。在中国历史上，有几张琴非常著名，这些名琴也和名人有关系。齐桓公有一张名琴，叫作“号钟”；楚庄王也有一张名琴，叫作“绕梁”；司马相如的名琴叫“绿绮”；蔡邕的名琴叫“焦尾”。这些琴都是非常有名的乐器。诗中说蜀僧抱着一张“绿绮”，并不是司马相如的那张琴，而是代表蜀僧的琴很名贵，很讲究。“峨眉”在蜀地，是著名的佛教名山。“下”表示从峨眉山下来。说蜀僧从峨眉山而来，自然是从名山而来。李白对这位蜀僧很仰慕，所以，第一联中就把蜀僧的气派描绘了出来。

“为我一挥手，如听万壑松。”第二联是写蜀僧开始弹琴。李白特别强调了“为我”，是表现两人之间的友情很深。“一挥手”是开始挥手弹琴了，简单的三个字，把弹琴的动作写得极为潇洒。琴弹得怎么样呢？“如听万壑松”，好像是听到千山万壑之中，阵阵松涛的声音，那么清越，那么宏远，那么铿锵有力。在古典诗词中，松还代表着卓尔不群之心、清洁孤傲之志，往往和隐士有关。这也非常符合蜀僧的特点和李白的理想。

“客心洗流水，余响入霜钟。”第三联是写李白继续听琴的感受。“客心”是指李白漂泊在外的孤独之心，“洗流水”是说好像李白的内心因为听了琴声而被流水洗过一样，非常畅快，非常愉悦。而“流水”在诗中也有更深层的寓意。在中国历史上，有一段非常著名的故事，叫“高山流水”：俞伯牙和钟子期因为琴声而理解了对方的志向，后来钟子期去世了，俞伯牙把琴摔破，再也不弹琴了——因为他没有了知音。李白说“客心洗流水”便隐含着他和蜀僧也是知音之意。“余响”就是琴声停了之后，所听到的余音。“入霜钟”，说琴声的余音和黄昏时分寺庙的钟声交融在一起。“霜钟”出自《山海经》，有霜降临的时候，钟声就会响起。“霜”也为下文的“秋”做了铺垫。这是蜀僧弹琴结束给李白带来的感受。

“不觉碧山暮，秋云暗几重。”最后一联，李白沉浸于琴声的余音之中。不知不觉，青山已经到黄昏时分，暮色四合，连秋天的云也暗了下来。时间似乎过得很快，这也表明琴弹得实在是好，让人忘记了时间。“云”的意象也有来历，有一个故事叫“响遏行云”，说的是秦青的歌唱得很好，好到什么程度呢？能“声振林木，响遏行云”，他唱歌的声音高入云霄，以致阻止了天上云彩的飘动。诗中说琴声的效果让“秋云”暗了“几重”，也就是在说琴声十分美妙。

趣读李白诗

1. 汉字密码

你来猜一猜，这是《听蜀僧濬弹琴》中的哪个字？

这是诗中的“抱”字。“抱”表示用双臂将对方整个身体包揽起来。左边的手旁表示手臂；右侧的“包”字表示裹着胎儿的包衣，所以有“围裹”的意思。

2. 词语对碰

读一读，对一对。请你为下面的词语对对子吧！

挥手对（　　　　）　流水对（　　　　）　万壑松对（　　　　）

3. 我问你答

李白《听蜀僧濬弹琴》中哪一句写出了曲终时的感受？（　　）

A. 不觉碧山暮，秋云暗几重。

B. 为我一挥手，如听万壑松。

C. 客心洗流水，徐响入霜钟。

4. 古诗填字

请根据提示，把下面的诗句填写完整。

听蜀僧濬弹琴

蜀僧抱______，西下______峰。

为我一______，如听______松。

______洗流水，余响入______。

不觉______暮，______暗几重。

5. 飞花令

请你以“钟”字为令，补全诗句。

① 钟 ____________________。

② 疏 钟 已 应 晚 来 风。

③ ______ 钟 ____________。

④ 双 袖 龙 钟 泪 不 干。

⑤ ____________ 钟 ______。

⑥ 清 墩 溪 畔 龙 钟 客。

⑦ __________________ 钟。

6. 读诗写文

你听过谁演奏过乐曲呢？请你写一写当时的经历和感受吧！注意要写出赞美之情。

第十七讲　借酒消愁

将进酒

君不见，黄河之水天上来，奔流到海不复回。
君不见，高堂明镜悲白发，朝如青丝暮成雪。
人生得意须尽欢，莫使金樽空对月。
天生我材必有用，千金散尽还复来。
烹羊宰牛且为乐，会须一饮三百杯。
岑夫子，丹丘生，将进酒，杯莫停。
与君歌一曲，请君为我倾耳听。
钟鼓馔玉不足贵，但愿长醉不复醒。
古来圣贤皆寂寞，惟有饮者留其名。
陈王昔时宴平乐，斗酒十千恣欢谑。
主人何为言少钱，径须沽取对君酌。
五花马，千金裘，呼儿将出换美酒，与尔同销万古愁。

注释

将进酒：请饮酒。乐府古题，原是汉乐府短箫铙歌的曲调。将，请。

高堂：房屋的正室厅堂。

会须：正应当。

岑夫子，丹丘生：岑夫子，岑勋。丹丘生，元丹丘。二人均为李白的好友。

钟鼓：富贵人家宴会中奏乐使用的乐器。

馔玉：形容食物如玉一样精美。

陈王：指陈思王曹植。

平乐：观名。在洛阳西门外，为汉代富豪显贵的娱乐场所。

恣：放纵，无拘束。

谑：尽兴玩乐。

径须：干脆，只管。

沽：买。

五花马：指名贵的马。一说毛色作五花纹，一说颈上长毛修剪成五瓣。

诵读点拨

《将进酒》是李白诗中的名篇，一般认为这是李白在天宝年间离开长安之后后，漫游梁宋之时，与他的好友岑勋、元丹丘相会时所作。李白写这首诗的时候，距离被“赐金放还”已经有八年之久。这个时候，李白经常和岑勋、元丹丘在一起，他们登高饮宴，借酒放歌。李白在政治上被排挤，受打击，理想不能实现，常常借饮酒消愁，以抒发自己心中的不平。

“君不见，黄河之水天上来，奔流到海不复回。”当时的李白正在颍阳山，距离黄河不远，他对朋友说“黄河之水天上来”，诗的开篇就是壮丽的想象，奔腾的黄河之水似乎是从天上而来的。这壮阔的景象也隐含着时光的流逝，人生的不返，“奔流到海不复回”，这和“百川东到海，何时复西归”是一样的，借河流的一去不返来表现人生的匆匆。

“君不见，高堂明镜悲白发，朝如青丝暮成雪。”紧接着，李白就写到了人，人生的短暂，就像对镜自照之时，发现满头的青丝变成白发，由青年而衰老。“悲”字表现的是一种无可奈何、无可挽回的心痛。“朝如青丝暮成雪”，人生的“朝”与“暮”转瞬即逝，人的头发不会早黑晚白变化如此之快，而夸张的手法更显得时间飞逝，人生短暂。

“人生得意须尽欢，莫使金樽空对月。”既然人生如此短暂，既然人事总是不如意，那么就在人生得意的时候尽情欢乐吧！不要让金樽白白对着明月了。这虽然是写“得意”，所反应的恰恰是李白的“不得意”，正是因为不得意，所以才对月饮酒，尽情放纵。

“天生我材必有用，千金散尽还复来。”这是一句令人振奋的诗句，也是其中的千古名句。天生我材，必然，必须，必定，是“有用”的，这是非常自信的，超级乐观的，然而，似乎也带着一种对现实的嘲讽。千金散尽又算得了什么？这是何等雄壮的语言！这也反映了李白的豪爽与潇洒。

“烹羊宰牛且为乐，会须一饮三百杯。”菜不是一碟一碟地上，酒不是一口一口地喝，你看，“烹羊宰牛”“一饮三百杯”，那简直就是大块吃肉、大碗喝酒的豪壮场面啊！这样的宴席痛快淋漓，李白的狂放、李白的醉态，也似乎跃然纸上，呼之欲出了。

“岑夫子，丹丘生，将进酒，杯莫停。”李白劝酒的声音似乎也回荡在耳畔，你看，他将气氛推向了高潮，酒逢知己，他高声劝着：“岑夫子，丹丘生，将进酒，杯莫停。”岑夫子啊，丹丘生啊，我们干了这杯酒吧，不要让酒杯停下来！

“与君歌一曲，请君为我倾耳听。”李白的醉意浓厚，他极度兴奋，于是，他要为两位好友唱歌。饮酒高歌，在李白的诗中经常出现。这一次，他的高歌还有些不同，因为这不仅仅表现他激动的情绪，还包含着对好友的劝说。所以，他说“请君为我倾耳听”，请你们认真来听吧！

“钟鼓馔玉不足贵，但愿长醉不复醒。”“钟鼓馔玉”是指富贵的生活，古时候贵族吃饭时鸣钟列鼎，食物精美如玉，所以叫“钟鼓馔玉”。可这时，李白却说“不足贵”，还说“但愿长醉不复醒”。可见李白的内心已经由狂放转为愤激了。因为“天生我材”一定会飞黄腾达，但是李白却“大道如青天，我独不得出”，所以李白说富贵“不足贵”，是出于愤慨，他情愿醉生梦死，长醉不醒了。

“古来圣贤皆寂寞，惟有饮者留其名。”李白的愤慨还在继续着，他提到了古人，还是古代的圣贤。李白曾喟叹“自言管葛竟谁许”，说自己有管仲的才华，有诸葛亮的智慧，但是却没有人相信，他用圣贤的“寂寞”来表现自己的“寂寞”。既然“寂寞”，那就更加要痛饮了，因为只有豪饮者，才能千古留名啊！

“陈王昔时宴平乐，斗酒十千恣欢谑。”说到“惟有饮者留其名”，酒让李白一下子想到了“陈王”，“陈王”是指曹植。在古来好酒的人物当中，“陈王”可以说是非常典型。这句诗也化用了曹植的《名都篇》“归来宴平乐，美酒斗十千”一句。更是借陈王曹植的坎坷人生，展现自己的不平之气。这种悲而雄壮，悲而豪放的自信，是需要慢慢品味的。

“主人何为言少钱，径须沽取对君酌。”李白又回到饮酒的场景中，既然古人如此豪饮，主人又何必说钱少呢？只管去买酒回来，让我们喝个痛快，一醉方休！

“五花马，千金裘，呼儿将出换美酒，与尔同销万古愁。”而最后，就算千金散尽，也还可以把五花马、千金裘拿出换美酒，似乎李白成了招待的主人，他的口气之大，狂放到了极点，也激愤到了极点。他要和好友同销这“万古愁”，这与开篇的“悲”有了呼应，也是全诗的情感所在。

这首诗气势豪迈，感情奔放，语言流畅，具有很强的感染力，也非常形象地表现了李白桀骜不驯的性格：一方面对自己充满自信，孤高自傲；一方面在政治前途出现波折后，又流露出纵情享乐之意。诗人借题发挥，表示对富贵、圣贤的藐视，借酒浇愁，抒发自己的愤激情绪。

趣读李白诗

1. 汉字密码

你来猜一猜，这是《将进酒》中的哪个字？

这是诗中的“饮”字。“饮”字很有意思，它像一个人手捧着个酒坛子，伸出舌头品尝美酒。古诗中，包含“饮”字的诗非常多，比如王翰的“葡萄美酒夜光杯，欲饮琵琶马上催”，白居易的“晚来天欲雪，能饮一杯无”，杜甫的“痛饮狂歌空度日，飞扬跋扈为谁雄”等。

2. 词语对碰

读一读，对一对。请你为下面的词语对对子吧！

青丝对（　　　　）　　烹羊对（　　　　）　　五花马对（　　　　）

3. 我问你答

下面有关《将进酒》的说法不正确的一项是（　　）。

A. “岑夫子”姓岑，“夫子”是对人的尊称，“先生”的意思；“丹丘生”名丹丘，“生”是对年轻人的称呼

B. “将进酒”是“请您喝酒”的意思，是李白根据诗歌的内容所命的诗题

C. “钟鼓馔玉”形容富贵豪华的生活，钟鼓是鸣钟击鼓作乐，馔玉是美好的饮食

D. “君不见，黄河之水天上来，奔流到海不复回。”诗人以河水一去不返喻人生易老，以黄河的伟大永恒衬托生命的渺小脆弱

4. 古诗填字

请根据提示，把下面的诗句填写完整。

将进酒

君不见，_______之水天上来，_______到海不复回。

君不见，高堂_______悲白发，朝如_______暮成雪。

人生_______须尽欢，莫使_______空对月。

______________必有用，______________还复来。

______________且为乐，______________三百杯。

岑夫子，丹丘生，__________，__________。

与君歌一曲，请君为我倾耳听。

______________不足贵，但愿长醉__________。

古来圣贤皆_______，惟有饮者留其名。

陈王昔时__________，斗酒十千__________。

主人何为言少钱，______________对君酌。

五花马，千金裘，呼儿将出__________，与尔同销__________。

5. 飞花令

请你以“愁”字为令，补全诗句。

① 愁 ______________________。

② 莫 愁 前 路 无 知 己 。

③ _______ 愁 ______________。

④ 怎 一 个 愁 字 了 得 。

⑤ ______________ 愁 _______。

⑥ 江 枫 渔 火 对 愁 眠 。

⑦ ______________________ 愁 。

6. 读诗写文

如果当时你也在场，你会和李白说些什么呢？请你把你们之间说的话写下来。

宣州谢朓楼饯别校书叔云

弃我去者，昨日之日不可留；
乱我心者，今日之日多烦忧。
长风万里送秋雁，对此可以酣高楼。
蓬莱文章建安骨，中间小谢又清发。
俱怀逸兴壮思飞，欲上青天揽明月。
抽刀断水水更流，举杯消愁愁更愁。
人生在世不称意，明朝散发弄扁舟。

注释

宣州：今安徽宣城一带。

谢朓楼：又名北楼、谢公楼，在陵阳山上，是南齐诗人谢朓任宣城太守时所建，后改名为叠嶂楼。李白曾多次登临，并且写过一首《秋登宣城谢朓北楼》。

校书：官名，即秘书省校书郎，掌管朝廷的图书整理工作。

叔云：即李云。

蓬莱文章：借指李云的文章。蓬莱，此指东汉时藏书之东观。《后汉书》卷二三《窦融列传》附窦章传："是时学者称东观为老氏藏室，道家蓬莱山"。李贤注："言东观经籍多也。蓬莱，海中神山，为仙府，幽经秘籍并皆在也。"

建安骨：指刚健遒劲的诗文风格。汉末建安（汉献帝年号，196—220）年间，"三曹"和"七子"等作家所作之诗风骨遒上，后人称之为"建安风骨"。

小谢：指谢朓，字玄晖，南朝齐诗人。后人将他和谢灵运并称为大谢、小谢。这里用以自喻。

清发：指清新秀发的诗风。

逸兴：飘逸豪放的兴致，多指山水游兴，超迈的意兴。

散发：去冠披发，指隐居不仕。这里是形容狂放不羁。古人束发戴冠，散发表示不拘礼法。

弄扁舟：乘小舟归隐江湖。

诵读点拨

《宣州谢朓楼饯别校书叔云》是李白在宣城(今属安徽)与李云相遇并同登谢朓楼时创作的一首送别诗。大约在天宝十二载(753)的秋天,李白来到宣州,不久之后,他的一位故人李云至此,很快又要离开,李白陪他登谢朓楼,设宴送行。李云,又名李华,是当时著名的古文家,任秘书省校书郎,专门负责校对图书。李白称他为叔,但并非族亲关系。

“弃我去者,昨日之日不可留;乱我心者,今日之日多烦忧。”开头没有按照七言诗的要求来写,而是采用了自由的形式,这是歌行体的特点。这首诗还有另一个名字,叫《陪侍御叔华登楼歌》,“歌”表示歌行体。开篇就说“弃我去者”“乱我心者”,高步瀛《唐宋诗举要》说它“破空而来”。“弃”字带有很强的主观色彩,好像“昨日”是故意离我而去,抛我而去一样。“乱”字点明了李白当时的心绪,也正是这首诗的情感基础,“今日”的烦忧太多,致使李白心绪不宁。“昨日”说成“昨日之日”,“今日”说成“今日之日”使得诗歌更加富有节奏感,更能体现出内心的烦忧无法排解,反映出内心极度的苦闷。

“长风万里送秋雁,对此可以酣高楼。”这两句从极度的苦闷转到壮阔的境界。风是万里的大风,楼是高耸的大楼,意境的壮阔让思绪自由的驰骋。“送秋雁”就是送李云,把送别放在如此宏大的背景下,值得痛饮一番。“酣”字可见酒喝得很多,很痛快。

“蓬莱文章建安骨,中间小谢又清发。俱怀逸兴壮思飞,欲上青天揽明月。”这四句从壮阔的境界转向极度的欢乐。“蓬莱文章建安骨”是对李云文章的赞美,“中间小谢又清发”是夸赞自己的才华。他说两个人都有飘逸豪放的兴致,都有豪情满怀的想象。“壮思飞”的动人之处,就好像要到九天去“揽明月”。李白用自己的人生在诠释着月亮,丰富着月亮的内涵。他的“逸兴”和“壮思”是被月亮统一在透明、纯净的世界里的,是冰清玉洁的代表,是空灵清净的境界。

“抽刀断水水更流,举杯消愁愁更愁。”然而,李白的内心再一次转向了极端的忧愁,他说抽出刀去截断水,可是越是截断,水越是激流。越是这样做,越是造成相反的效果。越是举杯痛饮,想要排解忧愁,忧愁反而来得越多。全诗的悲喜不断起伏,而最后,李白却似乎变得极为潇洒。

“人生在世不称意，明朝散发弄扁舟。”轻描淡写，似乎李白看破了人世的波折，昨日的匆匆，今日的烦忧，心中的愁闷，似乎也不那么重要了。如果人生不如意，那就隐居起来吧，从此不问世事，与山水为伴。一个“弄”字，似乎把所有的忧愁都化解了，似乎内心得到了大自在，让人回味无穷，想象不尽。

这首诗共 92 字，并不直言离别，而是重笔抒发诗人自己怀才不遇的激烈愤懑，灌注了慷慨豪迈的情怀。诗中虽然极写烦忧苦闷，却并不阴郁低沉。全诗语言明朗朴素，音调激越高昂，如歌如诉，强烈的思想情感起伏涨落，一波三折，如奔腾的江河瞬息万变，波澜迭起，难怪明代有人评论此诗说“如天马行空，神龙出海”。

趣读李白诗

1. 汉字密码

你来猜一猜，这是《宣州谢朓楼饯别校书叔云》中的哪个字？

这是诗中的“弄”字。“弄”字像双手把玩玉器，两边的表示双手，中间的部分表示玉器。所以，《说文解字》中说：“弄，玩也。”“弄”表示“把玩，戏耍”的意思。

2. 词语对碰

读一读，对一对。请你为下面的词语对对子吧！

秋雁对（　　　　）　　抽刀对（　　　　）　　弄扁舟对（　　　　）

3. 我问你答

对《宣州谢朓楼饯别校书叔云》理解不正确的一项是（　　）。

A. 李白的一位官为校书郎的族叔李云将要离去，李白为他饯行而写了这首诗

B. “蓬莱文章建安骨，中间小谢又清发”两句中的“小谢”指的是谢灵运

C. “长风万里送秋雁，对此可以酣高楼”两句展现出一幅壮阔明朗的万里秋空图画，也展示出诗人豪迈阔大的胸襟

D. “人生在世不称意，明朝散发弄扁舟”两句写作者在精神上遭受重压之后，放弃对进步理想的追求，显示出逃避现实的消极色彩

4. 古诗填字

请根据提示，把下面的诗句填写完整。

宣州谢朓楼饯别校书叔云

____________，昨日之日不可留；

____________，今日之日多烦忧。

长风万里_________，对此可以_________。

蓬莱文章建安骨，中间小谢又清发。

俱怀______壮思飞，欲上______揽明月。

____________水更流，____________愁更愁。

人生在世_________，明朝散发_________。

5. 飞花令

请你以“思”字为令，补全诗句。

① 思 ____________________。

② 相思相见知何日。

③ ______ 思 ____________。

④ 不知秋思在谁家。

⑤ ____________ 思 ______。

⑥ 每逢佳节倍思亲。

⑦ __________________ 思。

6. 读诗作画

请你根据“长风万里送秋雁，对此可以酣高楼”画一幅画吧！

第十八讲　秋浦悲愤

秋浦歌(其十四)

炉火照天地，
红星乱紫烟。
赧郎明月夜，
歌曲动寒川。

注释

秋浦：县名，唐时先属宣州，后属池州，在今安徽省贵池县西。秋浦因流经县城之西的秋浦河得名。

炉火：此指炼铜之炉火。唐代时期，秋浦乃产铜之地。

赧郎：红脸汉。此指炼铜工人。赧，原指因羞愧而脸红，此指脸被炉火所映红。

诵读点拨

秋浦是唐代池州属县，因为境内有秋浦河，所以名为"秋浦"。秋浦是唐代银和铜的产地之一。李白一生曾经多次到秋浦，留下了七十多篇佳作。天宝十三载(754)，李白第二次游秋浦时创作了十七首诗，总题为《秋浦歌》。这时候，李白离开长安已经十年了。他在秋浦时的心情并不太好，因为他曾经在北游幽蓟时，亲眼见到安禄山势力坐大，对朝廷产生了威胁。这首是《秋浦歌》的第十四首，是一首歌颂冶炼工人的辛苦劳作。这首诗在题材上非常罕见，极为可贵。

"炉火照天地"，这里的"炉火"指的是冶炼矿物时的炉火。在《新唐书·地理志》中有这样的记载："秋浦多矿，尤产银产铜。"也就是秋浦这个地方矿物很多，特别是银矿和铜矿。开采矿物之后要进行冶炼，冶炼的炉火，熊熊燃烧，火光冲天，因此能够把天地照得很亮。"照天地"是一种夸张的说法，实际上反映的是冶炼时热烈的场面和工匠们兴奋的心情。读诗的时候，不仅仅要读懂表面写的是什么，还要去感受当时人们的心情，诗人的用字用词都不是随便用的，都有一定的含义在里面。“炉火照天地”，表面上是写冶炼的炉火非常明亮，火光冲天。那么，是谁让炉火这么旺呢？是工人。炉火烧得旺，给人以热烈、火热的感觉，那么这是和工人的心情密切相关的。

“红星乱紫烟”，这一句继续对炉火进行描写，只不过是非常具体的描写了。炉火旺盛的时候，会火星四溅，烟气升腾。诗中捕捉到了非常鲜明的色彩，“红星”“紫烟”。“红星”是火星，火星溅出来时，颜色特别亮，但是转瞬就消失，同时会有很多火星溅出，在视觉上就是“乱”。“紫烟”是烟的颜色，给工匠冶炼的工作增添了一种奇幻的色彩。而“乱”也表现出多、杂，反映出工匠们紧张忙碌而又热烈的劳作。

“赧郎明月夜”，这一句终于出现了主人公，也出现了劳作的时间。“赧”，原本是指因为害羞而脸红，在这里是指炉火映得人脸红。“郎”是对男子的尊称。“赧郎”，就是被炉火照红了脸的男人，从这两字中，我们可以联想到他们强壮的体魄、乐观的精神，他们心中的热情就像炉中的烈火一样。“明月夜”是说在夜里工作，在月光下冶炼。读到这里，再联系“炉火照天地，红星乱紫烟”，我们会发现，色彩对比非常鲜明：炉火、红星、紫烟、明月，都在黑夜的大背景下，就连冶炼男子红色的脸也极能打动人。

“歌曲动寒川”，如果前面三句让我们想象的画面只是静音的动画的话，那么这一句便让动画充满了声音。“歌曲”，是谁的歌曲呢？是“赧郎”的。他们一边劳动，一边歌唱，那嘹亮的歌声使寒冷的河水都荡漾起来了。“动寒川”不仅仅是在说歌声，同时也交代了季节。“寒”是秋天。这样整个画面便丰实了：在寒秋之夜，一群冶炼工人在热火朝天的劳作，他们一边劳作，一边唱歌。他们烧的炉火火光冲天，红星飞溅，紫烟升腾。他们的脸也被火照红了。他们的歌声让寒冷的河水都荡漾起了微波。这还是在说冶炼工人的热情啊！他们的歌声固然不能“动寒川”，这是夸张的表达，但是他们的热情却在这样的寒秋之夜显得那么可贵，那么可敬。所以，李白相信，他们的歌声能够是“动寒川”的。

这首诗描绘了一幅生动的寒秋夜冶图，塑造了冶炼工人的形象，字里行间包含着赞美之情。

趣读李白诗

1. 汉字密码

你来猜一猜，这是《秋浦歌》(其十四)中的哪个字？

这是诗中的“照”字。“照”字左边的部分像是手举着火把。右边是“召”字，表音。照字最初的含义就是手举着火把照明的意思。后来又演变成了，你看，这里面不仅有火，还有了“日”，也就是太阳，表示日光明亮。后来就演变成了现在的写法。

现在，“照”字除了表示日光投射大地之外，还有“关心，护理”“依据，根据”“照相，照片”等含义。

2. 词语对碰

读一读，对一对。请你为下面的词语对对子吧！

炉火对(　　　　)　　红星对(　　　　)　　明月夜对(　　　　)

3. 我问你答

与“炉火照天地”中的“照”字含义不同的一句是(　　)。

A. 明月何时照我还　　B. 月照花林皆似霰　　C. 树阴照水爱晴柔

4. 古诗填字

请根据提示，把下面的诗句填写完整。

秋浦歌(其十四)

_______照天地，

红星乱_______。

_______明月夜，

歌曲动_______。

5. 飞花令

请你以“星”字为令，补全诗句。

① 星 ________________。

② 残 星 九 点 雁 横 塞 。

③ ______ 星 ____________。

④ 北 斗 七 星 高 。

⑤ ____________ 星 ______。

⑥ 长 河 渐 落 晓 星 沉 。

⑦ __________________ 星 。

6. 读诗写文

你在哪里见过炉火？请你写一段关于火焰的文字吧！

秋浦歌(其十五)

白发三千丈，
缘愁似个长。
不知明镜里，
何处得秋霜。

注释

缘:因。
个:这样。
秋霜:形容发白如霜。

诵读点拨

这是《秋浦歌》中的第十五首诗，也是组诗中流传最广的一首诗。诗中，李白运用了夸张的手法，把“愁”刻画得极为动人，也抒发了诗人怀才不遇的苦闷之情。当时的李白已经五十多岁，被排挤在朝廷之外，愁肠百结。

“白发三千丈”，诗的开头就劈空而来，就像火山爆发一样，内心的苦闷喷薄而出。“看我的白发啊，有三千多丈!”“三千丈”有多长？李白曾说庐山瀑布是“飞流直下三千尺”，一丈等于十尺，“白发”的长度是庐山瀑布的十倍长。虽然“三千丈”和“三千尺”都不表示确定的数目，而是表示很多，很大。但是，从情感的深度上来说，还是有区别的，“三千丈”所表现的是比“三千尺”的情感更为激烈，更为深厚。而为什么会“白发三千丈”呢？

“缘愁似个长”，因为心中的愁就那么长。原来那么长的白发是因为愁而产生，这样的愁该有多重啊！相传，在中国历史上就有因愁而发白的故事。春秋时期楚人伍子胥在父兄被杀害后，投奔了在宋国的太子建，又与太子建到了郑国。在郑国，太子建密谋政变，被郑定公先发制人而身亡。伍子胥只得带着太子建的独子亡命突围。他们到了陈国的昭关，想要从此出关到吴国避难复仇。然而昭关布满了捉拿伍子胥的画像，他们被困在此处，无法过关。伍子胥在同情他们遭遇的东皋公家里居住了七日，还是看不到出关的希望。伍子胥心急如焚，于是求助东皋公是否有出关的办法。东皋公答复他已经有了出关之策，只需耐心等待。伍子胥虽然得到了肯定的答复，但还是不放心。他当晚翻来覆去难以入眠，着急出关又怕失败，若是在此等待又不知要多少时日。天亮之后，东皋公见到伍子胥便大吃一惊道："你的头发怎么一夜全白了？"伍子胥闻言对着铜镜一照，果然满头白发。

古人用比喻写忧愁有很多，宋代的罗大经在《鹤林玉露》说："诗家有以山喻愁者，杜少陵云：'忧端如山来（按：当作"齐终南"），澒洞不可掇'；有以水喻愁者，李颀云：'请量东海水，看取浅深愁'。"而李白则另辟蹊径，用"白发三千丈"来比喻忧愁的重、忧愁的深，直接碰触到了人心中脆弱的地方。

"不知明镜里"，这一句值得品味的是"明镜"，既然前面说"白发三千丈"，那么小小的"明镜"怎么能照得见呢？联系题目《秋浦歌》，我们会发现，这一组诗里，每一首都是写秋浦的一处风物，这一首却似乎没有写到什么。其实不然，这里的"明镜"当理解为秋浦的水。李白很喜欢用"明镜"来比喻水，如"两水夹明镜，双桥落彩虹""人行明镜中，鸟度屏风里""水闲明镜转，云绕画屏移"等。只有秋浦水这样的明镜，才能照得了"三千丈"的白发。李白临水自照，真实的白发和倒映的白发互相拉长，才有"三千丈"的联想。

"何处得秋霜"，这里的"秋霜"指代的就是"白发"，秋霜给人的感觉是忧伤，是憔悴，是寒冷，比"白发"有着更为丰富的含义。从什么地方而"得"的呢？这是诗人的自问，没有回答，给人留下了想象的空间，似乎诗人还沉浸在思索之中，画面就停住了。我们知道李白的志向不能得到施展，已经五十多岁了，人生的暮年，生命的衰老，在那一刻面对着"白发"该有多么忧伤，多么悲愤。对水自照，只能徒劳地慨叹了。

趣读李白诗

1. 汉字密码

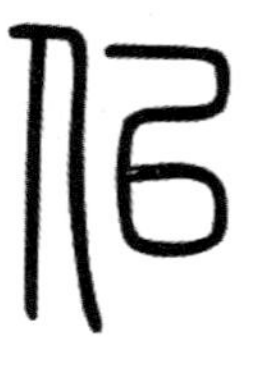

你来猜一猜，这是《秋浦歌》（其十五）中的哪个字？

这是诗中的"似"字。"似"字表示彼此相像。后来，"似"的意义就更加广泛了，既表示"像，相像"，也有"比"的意思。

2. 词语对碰

读一读，对一对。请你为下面的词语对对子吧！

白发对（　　　　　）　明镜对（　　　　　）　三千丈对（　　　　　）

3. 我问你答

下面诗句中，哪句和“白发三千丈，缘愁似个长”修辞手法相同？（　　）

A. 桃花潭水深千尺，不及汪伦送我情。

B. 飞流直下三千尺，疑是银河落九天。

C. 墙里秋千墙外道。墙外行人，墙里佳人笑。

4. 古诗填字

请根据提示，把下面的诗句填写完整。

秋浦歌（其十五）

白发______丈，

缘___似个长。

不知______里，

何处得______。

5. 飞花令

请你以“千”字为令，补全诗句。

① 千__________________。

② 八千里路云和月。

③ ______千____________。

④ 斗酒十千恣欢谑。

⑤ ____________千______。

⑥ 东风夜放花千树。

⑦ __________________千。

6. 诗情画意

你能根据《秋浦歌》(其十五)这首诗的意境,画一幅画吗?

第十九讲　长流遇赦

早发白帝城

朝辞白帝彩云间，
千里江陵一日还。
两岸猿声啼不住，
轻舟已过万重山。

注释

发：启程。

辞：告别。

白帝：今重庆市奉节县东白帝山，山上有白帝城，位于长江上游。

江陵：今湖北省荆州市。从白帝城到江陵约一千二百里，其间包括七百里三峡。

住：停息。一作“尽”。

诵读点拨

在安史之乱中，李白因永王李璘案而被流放夜郎(今贵州桐梓一带)。李白取道四川赶赴夜郎，行到白帝城的时候，忽然接到被赦免的消息。李白获得了解脱，他惊喜无比，随后就乘舟东下江陵。李白当时归心似箭，抵达江陵时写下这首诗，所以诗的题目也叫《白帝下江陵》。

“朝辞白帝彩云间”，李白一大早就出发了，他兴奋的心情无法掩盖。“彩云间”一方面是说白帝城地势非常高，高到似乎在彩云之间，这也为下文中的舟行速度快做了铺垫；另一方面也表现出李白高兴的心情，在他的眼中，此时的白帝城是在彩云之中的，那宛如仙境的描绘，在视觉上给人以明丽绚烂的感受。

“千里江陵一日还”，白帝城和江陵之间的距离大约有一千两百里，这里所说“千里江陵”并不是夸张，却给人极强的冲击力。这一千多里的距离包括七百里的三峡，当年的三峡有很多礁石，尤其是瞿塘峡那里的礁石非常凶险。而且，船行的时候也不是顺流而下，而是迂回曲折。但是，在李白的诗中，却说“一日还”，不仅没有了凶险，还非常快捷，一切的阻碍都不在眼里，可见，李白当时是多么归心似箭了。

“两岸猿声啼不住”，这一句是写听觉，写得非常好，清代的沈德潜在《唐诗别裁》中说：“写出瞬息千里，若有神助。入‘猿声’一句，文势不伤于直。”说这句诗写出了一瞬间行千里，若有神助。古时候的长江三峡，经常有猿猴啼叫。诗中说“啼不住”，是因为李白乘坐飞快的轻舟行驶在长江上，耳听两岸处处都有的猿啼声，加上李白畅快的心情，似乎这猿啼也是开心的，欣喜的。这里也一改猿啼寄托悲凉的寓意，反而显得轻松无比。

“轻舟已过万重山”，这里的“轻”别有深意，表面上是舟很轻，转眼之间就驶过了万重山，实际上是心情轻松，在流放的途中被赦免，这对于年老的李白来说是一件特别兴奋的大事，他没有了心理上的负担，他的人生走出了黑暗。这也是李白历尽人生的艰险、走过命运的坎坷之后，重获自由的快感。

这首诗洋溢着李白经历了艰难之后所迸发出的欢悦与激动，给人留下了广阔的想象空间。沈德潜在《唐诗别裁》中直言此诗为唐代七绝中的压卷之作，他说：“必求压卷，王维之‘渭城’，李白之‘白帝’，王昌龄之‘奉帚平明’，王之涣之‘黄河远上’其庶几乎？终唐之世，绝句无出四章之右者矣。”明代的杨慎称赞这首诗曰：“惊风雨而泣鬼神矣！”

趣读李白诗

1. 汉字密码

你来猜一猜，这是《早发白帝城》中的哪个字？

这是诗中的“云”字。“云”字就像是空中回转的云朵。“云”是天空飘浮的气团，“霞”是早晨或黄昏时太阳照射得光彩纷呈的云。

2. 词语对碰

读一读，对一对。请你为下面的词语对对子吧！

两岸对（　　　　）　轻舟对（　　　　）　万重山对（　　　　）

3. 我问你答

下列地点中，《早发白帝城》中没有出现的是(　　)。

A. 白帝　　　　B. 长安　　　　C. 江陵

4. 古诗填字

请根据提示，把下面的诗句填写完整。

早发白帝城

朝辞_______彩云间，

千里_______一日还。

两岸_______啼不住，

_______已过万重山。

5. 飞花令

请你以“白”字为令，补全诗句。

① 白 ____________________。

② 李 白 乘 舟 将 欲 行 。

③ _______ 白 ______________。

④ 要 留 清 白 在 人 间 。

⑤ ______________ 白 _______。

⑥ 呼 儿 烹 鸡 啄 白 酒 。

⑦ ____________________ 白 。

6. 诗情画意

请你根据“朝辞白帝彩云间”画一幅图吧！

陪侍郎叔游洞庭醉后三首(其三)

划却君山好,
平铺湘水流。
巴陵无限酒,
醉杀洞庭秋。

注释

刬(chǎn)却:削去,铲掉。

君山:在洞庭湖中,又名洞庭山、湘山。

湘水:洞庭湖主要由湘江组成,此处即是指洞庭湖水。

巴陵:岳州唐时曾改为巴陵郡,治所即今湖南岳阳。

诵读点拨

《陪侍郎叔游洞庭醉后三首》是李白陪族叔李晔畅游洞庭湖时排遣愁绪所写的组诗。这组诗作于唐肃宗乾元二年(759)秋,也就是李白被流放夜郎而遇赦免之后。当时李白喜出望外,从白帝城返至江夏。他一下子觉得获得了新生,"天地再新法令宽,夜郎迁客带霜寒",李白对朝廷又产生了幻想,希望自己被朝廷重用。然而,他的幻想再一次破灭,他只好离开江夏,出游湖南。在岳州,李白遇到了族叔李晔,李晔当时由刑部侍郎贬官岭南。所以,他们同游洞庭湖时,心中充满了感慨。这首诗是《陪侍郎叔游洞庭醉后三首》的第三首,也是其中最出名的一首。

"划却君山好",君山就是洞庭山,洞庭山在洞庭湖中。刘禹锡写过一首《望洞庭》,其中有这样一句:"遥望洞庭山水色,白银盘里一青螺。"说洞庭山在洞庭湖中,就像一只青螺在白银盘中一样。可是,李白却要将洞庭山铲去。他说,要是铲掉洞庭山那该多好啊!这不免让人疑惑,为什么要这么做呢?

“平铺湘水流”，湘水就是湘江水，洞庭湖主要由湘江水组成，这里也指洞庭湖水。铲去了洞庭山，湘水就会平铺流淌，没有阻碍，眼界会更加开阔。其实，这就像李白希望铲去人生道路上的阻碍一样，他希望自己的人生更顺畅。而这两句也展示出李白浪漫的特色，奇特的想象、夸张的手法，让情感表现得更加畅快。

“巴陵无限酒”，巴陵就是今湖南省岳阳地区，这里在唐朝时叫巴陵郡。这里不直接说风光，而是说湘水就像“无限酒”，是因为没有君山阻挡的湘水一望无际，在李白的眼里，湘水就是美酒。这是对湘水的描绘，更是李白内心情感的表露。他多么希望用洞庭水那样多，那样“无限”的酒来排遣心中的忧愁啊！

“醉杀洞庭秋”，就在这洞庭湖中尽情一醉吧，醉在洞庭的秋色里，也醉在洞庭的美酒里。从思路上来看，上一句说“酒”，这一句说“醉”，一丝不乱。而正因为是“无限酒”，所以才能够“醉杀”，呼应得当。而诗的题目中也表示这是“醉后”之作，可见当时李白已然大醉。

《陪侍郎叔游洞庭醉后三首》的第一首诗“今日竹林宴，我家贤侍郎。三杯容小阮，醉后发清狂”，借用了阮咸与叔父阮籍的典故，同为仕途不通的可怜人，想要借酒消愁，排遣愁绪；第二首诗“船上齐桡乐，湖心泛月归。白鸥闲不去，争拂酒筵飞”，描绘出一幅酒船管弦齐奏、皓月浮光静影沉璧、白鸥盘旋飞翔的湖上美景图；而这一首诗运用了奇特的奇想，希图铲去人生的障碍，用无限的酒排解心头的愁闷，就算隔着书卷，似乎也能嗅到浓浓的酒味。

趣读李白诗

1. 汉字密码

你来猜一猜，这是《陪侍郎叔游洞庭醉后三首》（其三）中的哪个字？

这是诗中的“醉”字。“醉”的意思就是饮酒过度，神志不清。

2. 词语对碰

读一读，对一对。请你为下面的词语对对子吧！

君山对(　　　　)　　无限对(　　　　)　　洞庭秋对(　　　　)

3. 我问你答

下列的山名中，《陪侍郎叔游洞庭醉后三首》(其三)中出现的是(　　)。

A. 君山　　　　B. 黄山　　　　C. 泰山

4. 古诗填字

请根据提示，把下面的诗句填写完整。

陪侍郎叔游洞庭醉后三首(其三)

______君山好，

平铺______流。

______无限酒，

醉杀______秋。

5. 飞花令

请你以“醉”字为令，补全诗句。

① 醉 ________________________。

② 我 醉 欲 眠 卿 且 去 。

③ ________ 醉 ________________。

④ 但 愿 长 醉 不 复 醒 。

⑤ ________________ 醉 ________。

⑥ 但 使 主 人 能 醉 客 。

⑦ ________________________ 醉 。

6. 读诗写文

请你以这首诗为依据，为“巴陵酒”写一段广告词吧！

第二十讲　大鹏千古

上李邕

大鹏一日同风起，扶摇直上九万里。
假令风歇时下来，犹能簸却沧溟水。
时人见我恒殊调，闻余大言皆冷笑。
宣父犹能畏后生，丈夫未可轻年少。

注释

上：呈上。

李邕：字泰和，广陵江都（今江苏江都）人，唐代书法家、文学家。

扶摇：由下而上的大旋风。《庄子·逍遥游》："抟扶摇而上者九万里。"

簸却：激起。

沧溟：大海。

殊调：不同流俗的言行。

宣父：即孔子，唐太宗贞观十一年（637）诏尊孔子为宣父。见《新唐书·礼乐志》。宋本"宣父"作"宣公"。

丈夫：古代男子的通称，此指李邕。

诵读点拨

《上李邕》是李白青年时代的作品。在开元七年至九年（719—721）前后，李邕曾任渝州（今重庆市）刺史。李白游览渝州时谒见了李邕，因为李白不拘俗礼，谈论之间语言有点夸张，这使李邕心里很不愉快。李白对李邕矜持的态度也很不满，在临别之时写了这首态度颇不客气的《上李邕》，以示回敬。

"大鹏一日同风起，扶摇直上九万里。""大鹏"出自《庄子·逍遥游》："北冥有鱼，其名为鲲。鲲之大，不知其几千里也。化而为鸟，其名为鹏。鹏之背，不知其几千里也；怒而飞，其翼若垂天之云。""大鹏"既象征着自由，也象征着远大的理想。李白一生都以"大鹏"自比，在这首诗中更加直率。说大鹏鸟有一天会乘风飞起，扶摇直上，能上到九万里那么高。可见，李白对自己是相当自信的。

“假令风歇时下来，犹能簸却沧溟水。”《庄子·逍遥游》中所描绘的大鹏巨大无比，神游天地之间。“鹏之徙于南冥也，水击三千里，抟扶摇而上者九万里，去以六月息者也。”大鹏鸟往南方的大海迁徙的时候，它的翅膀拍打着水面，能激起三千里的浪涛，环绕着旋风飞上了九万里的高空，乘着六月的风离开了北海。这样的大鹏鸟，在李白的眼中同样令人震撼。假如风停下了，大鹏鸟还能激起大海中的浪涛。这个大鹏，便是李白对自我的肯定。

“时人见我恒殊调，闻余大言皆冷笑。”这一联开始由大鹏转向写自己了。“时人”是指当时的凡夫俗子，当然也包括李邕在内，表面上是说“时人”，实际上是对李邕的不满。“殊调”是指不同凡响的言论。李白的宏大抱负，常常不被世人所理解，被当作“大言”来耻笑。李邕是一位名闻海内的大名士，李白没有想到，李邕这样的大名人竟与凡夫俗子一样，这令他非常气愤。

“宣父犹能畏后生，丈夫未可轻年少。”李白拿出比李邕更加有名的人来了，“宣父”就是孔子，唐太宗贞观十一年(637)诏尊孔子为宣父。《论语·子罕》中说：“子曰：‘后生可畏。焉知来者之不如今也？’”意思是孔子尚且觉得后生可畏，你李邕难道比圣人还要高明？男子汉大丈夫千万不可轻视年轻人呀！后两句对李邕既是揄揶，又是讽刺，也是对李邕轻慢态度的回敬，态度相当桀骜，显示出李白的少年锐气。

《上李邕》这首诗通过对大鹏形象的刻画与赞颂，表达了李白的凌云壮志和强烈的用世之心，对李邕瞧不起年轻人的态度非常不满，也表现了李白勇于追求而且自信、自负、不畏流俗的精神。

趣读李白诗

1. 汉字密码

你来猜一猜，这是《上李邕》中的哪个字？

这是诗中的“畏”字。“畏”字像一个鬼的样子，手里拿着杖，所以，“畏”字有“害怕”的意思。

2. 词语对碰

读一读，对一对。请你为下面的词语对对子吧！

大鹏对（　　　　）　丈夫对（　　　　）　九万里对（　　　　）

3. 我问你答

“大鹏一日同风起，扶摇直上九万里”中的“大鹏”出自哪一部经典？（　　）

A.《论语》　B.《庄子》　C.《孟子》

4. 古诗填字

请根据提示，把下面的诗句填写完整。

上李邕

______一日同风起，______直上九万里。

假令______时下来，犹能______沧溟水。

时人见我________，闻余大言________。

______犹能畏后生，______未可轻年少。

5. 飞花令

请你以“年”字为令，补全诗句。

① 年 ________________。

② 十 年 生 死 两 茫 茫 。

③ ______ 年 ____________。

④ 最 是 一 年 春 好 处 。

⑤ ____________ 年 ______。

⑥ 夜 深 忽 梦 少 年 事 。

⑦ __________________ 年 。

6. 读诗写文

如果你是李邕，读了这首诗之后，你会想些什么，做些什么呢？请你写一写吧！

临路歌

大鹏飞兮振八裔，
中天摧兮力不济。
余风激兮万世，
游扶桑兮挂石袂。
后人得之传此，
仲尼亡兮谁为出涕？

注释

八裔：八方荒原之地。

中天：半空中。

摧：折断。

余风：遗风。

扶桑：古代神话传说中的大树，生在太阳升起的地方。古代把太阳作为君主的象征，这里游扶桑即指到了皇帝身边。

石：王琦辑注《李太白文集》注云：当作“左”。

袂：衣袖。

得：得知。

“仲尼”句：此处用孔子泣麟的典故。传说麒麟是一种祥瑞的异兽。鲁哀公十四年(前481)，鲁国猎获一只麒麟，孔子认为麒麟出非其时，而被捕获，非常难受。亡兮，一作“亡乎”。

诵读点拨

《临路歌》作于唐代宗宝应元年(762)，这一年，李白去世。这一首诗题目中的“路”可能是“终”的误笔。这是李白的绝笔，他以大鹏自比，慨叹一生壮志未酬的遭遇，流露出对人生的无比眷念和未能才尽其用的深沉惋惜。

在李白看来，大鹏是一个具有浪漫色彩、自由象征的形象，也是李白的精神寄托。李白青年时期曾写过《大鹏赋》，在赋中以大鹏自比，抒发他要使“斗转而天动，山摇而海倾”的远大抱负。后来李白遭受政治上的挫折，经历了人生的失意，但是大鹏的形象一直激励着李白。他甚至觉得自己就像一只大鹏，渴望奋飞，努力振翅。然而，在这首诗中，他已经不能再飞了，他要唱一首悲壮的临终之歌。

“大鹏飞兮振八裔，中天摧兮力不济。”诗的一开始就描绘了大鹏翱翔的壮阔意境，大鹏振翅高飞，飞翔于天地八荒。这是多么宏大，多么振奋！这也是大鹏最辉煌的时候。结合李白的一生，他最辉煌的时候，该是奉召入京，得天子降辇步迎、御手调羹、待召翰林的那段时光吧！那时的李白，就像大鹏高飞一样，自由而辉煌！可是，大鹏飞到半空却伤了翅膀，又得不到帮助。“中天摧兮力不济”，一个悲壮的大鹏形象展现在人们面前。这句诗也暗含了李白被赐金放还的经历。结合李白的人生经历来理解，这两句诗充满了苍凉，又不失气魄。

“余风激兮万世，游扶桑兮挂石袂。”大鹏虽然“中天摧兮力不济”，但是它的身上仍然有着无穷的力量，它的遗风可以激荡千秋万世。这也就是说，虽然理想破灭了，但是精神永不磨灭，精神能够给千秋万代留下巨大的影响。后一句中的“游扶桑”是暗喻到了皇帝的身边。古代把太阳作为君主的象征，“游扶桑”就是指到了皇帝身边。“挂石袂”的“石”当是“左”字之误，庄忌《哀时命》中有“左袪挂于扶桑”的话。在李白的意识中，自己有时就是大鹏，大鹏有时就是自己，大鹏的“游”便是自己的“游”，他人虽然离开长安，但是心总是盼望皇帝再一次召他为官，再一次让他施展抱负。

“后人得之传此，仲尼亡兮谁为出涕？”大鹏的夭折会被后人相传，但是，如今孔子都不在了，谁还会为此哭泣呢？这是李白极大的自伤之语。传说中的麒麟是一种祥瑞的异兽。鲁哀公十四年(前481)，鲁国猎获一只麒麟，孔子认为麒麟出现得不是时候，才被捕获，心里非常难受。但是，大鹏的夭折，却没有像孔子这样的人会为之惋惜。杜甫这样总结李白的一生：“千秋万岁名，寂寞身后事。”这与当时李白的心情大体相同。

这首诗可以看作李白自撰的墓志铭。李白的一生，既有远大的理想，而又非常执着于理想，为实现自己的理想追求了一生。

而最终，大鹏远去，李白远去。在千百年后的今天，又有很多很多人，读着李白的诗，说着李白的故事，也体味着李白的情感。

趣读李白诗

1. 汉字密码

你来猜一猜，这是《临路歌》中的哪个字？

这是诗中的“摧”字，这是一个典型的形声字。后来就演变成现在的写法，有“毁坏，折断”的含义。

2. 词语对碰

读一读，对一对。请你为下面的词语对对子吧！

八裔对（　　　　）　　万世对（　　　　）　　大鹏飞对（　　　　　）

3. 我问你答

李白的《临路歌》里借助什么形象进行自比？（　　）

A. 麒麟　　　　B. 大鹏　　　　C. 凤凰

4. 古诗填字

请根据提示，把下面的诗句填写完整。

临路歌

大鹏飞兮振________，

________摧兮力不济。

余风激兮________，

游________兮挂石袂。

后人得之传此，

________亡兮谁为出涕？

5. 飞花令

请你以“谁”字为令，补全诗句。

① 谁 ____________________。

② 为 谁 辛 苦 为 谁 甜 。

③ ______ 谁 ____________。

④ 开 门 问 谁 来 。

⑤ ____________ 谁 ______。

⑥ 不 知 秋 思 落 谁 家 。

⑦ ____________________ 谁 。

6. 诗情画意

你心中的大鹏是什么样的？请你把它画出来吧！